www.ingramcontent.com/pod-product-compliance
Lightning Source LLC
LaVergne TN
LVHW010843051026
849532LV00007B/2809
9789358726268

سرکس

(افسانے)

سریندر پرکاش

© Surendra Prakash

Circus *(Short Stories)*

by: Surendra Prakash

Edition: October '2024

Publisher :

Taemeer Publications LLC (Michigan, USA / Hyderabad, India)

ISBN 978-93-5872-626-8

9 789358 726268

© سریندر پرکاش

کتاب	:	**سرکس** (افسانے)
مصنف	:	**سریندر پرکاش**
صنف	:	فکشن
ناشر	:	تعمیر پبلی کیشنز (حیدرآباد، انڈیا)
سالِ اشاعت	:	۲۰۲۴ء
صفحات	:	۹۰
سرورق ڈیزائن	:	تعمیر ویب ڈیزائن

فہرست

رونے کی آواز

فلاور انڈر ٹری اِز فری

سامنے والی کرسی پر بیٹھا ابھی ابھی وہ گا رہا تھا۔ مگر اب کرسی کی سیٹ پر اس کے جسم کے دباؤ کا نشان ہی باقی ہے۔ کتنا اچھا گاتا ہے وہ۔۔۔ مجھے مغربی موسیقی اور شاعری سے کچھ ایسی دلچسپی تو نہیں ہے۔ مگر وہ کم بخت گاتا ہی کچھ اس طرح ہے کہ میں کھو سا جاتا ہوں۔ وہ گاتا رہا اور میں سوچتا رہا، "کیا پھول درخت کے سائے تلے واقعی آزاد ہے؟"

وہ اب جا چکا ہے۔ جن سروں میں وہ گا رہا تھا وہ اپنی گونج بھی کھو چکے ہیں۔ مگر الفاظ سے میں ابھی تک الجھا ہوا ہوں۔

"فلاور انڈر ٹری اِز فری"

(FLOWER UNDER TREE IS FREE)

اس سے ایک بات ضرور ثابت ہوتی ہے کہ الفاظ کی عمر سر سے لمبی ہوتی ہے۔ شام، جب وہ مجھ سے ملا خاصا نشے میں تھا۔ طالب علموں کے ایک گروہ نے دن میں اسے گھیر لیا تھا، وہ اس کے ملک کے گیت اس سے سنتے رہے اور شراب پیتے پلاتے رہے۔ میرے کندھے پر اپنا دایاں ہاتھ رکھتے ہوئے اس نے مجھے سارے دن کا قصہ سنایا۔ اور پھر کہنے لگا، "گھر سے جب نکلا تھا تو میرے ذہن میں یہ فتور تھا کہ ساری دنیا پیدل گھوم کر اپنا ہم شکل تلاش کروں گا۔ آٹھ برس ہونے کو آئے مجھے دوسروں کے ہم شکل تو ملتے رہے مگر اپنا ہم

شکل اب تک نہیں ملا۔"

"کیا کہیں تمہیں کوئی میرا ہم شکل ملا؟" میں نے مسکرا کر پوچھا۔

"ہاں! سیکنڈری نیویا میں!" اس نے میری طرف دیکھے بغیر اور اپنے ذہن پر زور دیئے بغیر جواب دیا۔

رات گئے تک ہم سڑکوں پر مارے مارے پھرتے رہے۔ جب تھک گئے تو گھر کا رخ کیا۔ وہ کمرے میں داخل ہوا، کرسی پر بیٹھا، دو ایک منٹ اِدھر ادھر کی باتیں کرتا رہا پھر اس نے ایک دم اپنا مخصوص گیت گانا شروع کر دیا۔

میں نے پوچھا، "اس گیت میں جو الفاظ ہیں ان کے معنی کیا ہیں؟"

"معنی کوئی ساتھ نہیں دیتا، صرف الفاظ دیتا ہے۔ دیتا بھی کیا ہے بس ان پر اپنے معنی کی مہر ثبت کر دیتا ہے۔ اور ہم ان میں سے اپنے معنی تلاش کرتے ہیں!" اس نے جواب دیا۔ کرسی پر سے اٹھتے ہوئے اس نے کمرے کی بے ترتیبی کا جائزہ لیا اور پھر اچانک بول اٹھا، "تم شادی کیوں نہیں کر لیتے اچھے خاصے معمولی آدمی ہو۔" میں بوکھلا سا گیا۔

"بات دراصل یہ ہے"، میں نے اس کے قریب ہوتے ہوئے کہا،

"ہماری بلڈنگ کے اوپر والی منزل میں ایک دشنو بابو رہتے ہیں۔ وہ اس بلڈنگ کے مالک بھی ہیں۔ ہم سب ان کے کرایہ دار ہیں۔ بہت سال پہلے جب وہ بالکل معمولی آدمی تھے تو انہوں نے ایک لڑکی سے شادی کی تھی۔ جس کا نام "سرسوتی" ہے۔ پھر اچانک دشنو بابو ایک مالدار عورت "لکشمی" سے ٹکرا گئے۔ تب انہیں اپنی غلطی کا احساس ہوا اور انہوں نے "لکشمی" سے اپنا دوسرا بیاہ رچا لیا۔ اب لکشمی اور دشنو دونوں آرام سے زندگی بسر کرتے ہیں۔ اور بے چاری "سرسوتی" رات رات بھر سیڑھیوں میں بیٹھی روتی رہتی ہے۔ اسی ہنگامے کی وجہ سے میں ابھی تک طے نہیں کر پایا کہ مجھے کسی سرسوتی سے شادی

کرنی چاہیئے تھی یا کسی لکشمی سے!"

اس نے میرے چہرے کی طرف غور سے دیکھا، اس کی آنکھوں کے سرخ ڈورے اس کے چہرے کو خوف ناک بنا رہے تھے۔ پھر اس نے ایک دم سے گڈ نائٹ! کہا اور تیزی سے سیڑھیاں اتر گیا۔ اپنی اسی طرح کی حرکتوں اور باتوں کی وجہ سے وہ کبھی کبھی مجھے گوشت پوست کے آدمی کی بجائے کوئی خیال لگتا ہے جو سمندر پار سے یہاں آ گیا ہو۔

جس عمارت کے ایک کمرے میں، میں رہتا ہوں۔ اس کے سب کمروں کی دیواریں کہیں نہ کہیں، جیسے تیسے ایک دوسرے سے مشترک ہیں۔ جس کی وجہ سے ایک کمرے کے اندر کی آواز یا خاموشی دوسرے میں منتقل ہوتی رہتی ہے۔ میں سوچتا ہوں، میری آواز یا خاموشی یا پھر چند لمحے پہلے میرے کمرے میں گونجنے والی اس کے گانے کی آواز بھی ضرور کہیں نہ کہیں پہنچی ہو گی۔

باہر شاید رات نے صبح کی طرف اپنا سفر شروع کر دیا ہے۔ ارد گرد کے سب گھروں کی بتیاں بجھ گئی ہیں۔ ہر طرف اندھیرا ہے۔ اور خاموشی دیمک کی طرح ہر طرف آہستہ آہستہ رینگتے جا رہی ہے۔ میں دروازے کی چٹخنی چڑھا کر اور مدھم بتی جلا کر اپنے بستر پر لیٹ گیا ہوں۔

مدھم روشنی میں سفید چادر میں لپٹا ہوا اپنا جسم مجھے کفن میں لپٹی ہوئی لاش کی طرح لگتا ہے۔ تنہائی، تاریکی اور خاموشی میں ایسا خیال خوف زدہ کر ہی دیتا ہے۔ جیسے خواب میں بلندی سے گرتے ہوئے آدمی کا جسم اور ذہن سن ہو جاتے ہیں۔ ایسی ہی میری کیفیت ہے۔ دھیرے دھیرے میں نیچے گر رہا ہوں اور پھر اچانک مجھے لگتا ہے میں اپنے جسم میں واپس آ گیا ہوں۔

باہر سے کسی کے رونے کی آواز آ رہی ہے شاید سرسوتی اور لکشمی میں پھر جھگڑا ہوا

ہے اور سرسوتی کے رونے کی آواز سیڑھی، سیڑھی اتر کر نیچے میرے کمرے کے دروازے تک آ گئی ہے، مگر یہ تو کسی بچے کے رونے کی آواز ہے! میں محسوس کرتا ہوں۔۔۔ ٹھیک ہے پڑوس والوں کا بچہ اچانک بھوک کی وجہ سے رونے لگ گیا ہو گا۔ اور اس کی ماں بدستور نیند میں بے خبر سو رہی ہو گی یا پھر شاید ایسا بھی تو ہو سکتا ہے کہ وہ مر گئی ہو اور بچہ بلک بلک کے رو رہا ہو۔ آواز آہستہ آہستہ قریب ہو کر واضح ہوتی جا رہی ہے۔ پھر مجھے لگتا ہے کہ ایک بچہ میرے ہی پہلو میں پڑا رو رہا ہے۔ اور کفن میں لپٹی میری لاش میں کوئی حرکت نہیں ہو رہی۔

"اگر درخت تہذیب کی علامت ہے تو ہم اس کے سائے میں روتے ہوئے آزاد پھول ہیں۔ میرے ذہن میں اچانک اس کے الفاظ کے معنی کِھل اٹھے ہیں جن کے سر وہ اپنے ساتھ لے گیا تھا۔"

بچہ بدستور رو رہا ہے۔ دھیرے دھیرے اس کی آواز میں درد اور دکھ کی لہریں شامل ہوتی جا رہی ہیں۔ جیسے اسے پتہ چل گیا ہو کہ اس کی ماں مر گئی ہے۔ مگر اسے یہ کس نے بتایا ہو گا؟ اس کے باپ نے؟ مگر وہ تو بدستور سو رہا ہے۔ کیونکہ اس کی آواز میں اس کے باپ کی آواز ابھی شامل نہیں ہوئی۔ یہ تو ہر کسی کو آپ ہی پتہ چل جاتا ہے کہ اس کی ماں مر گئی ہے۔ مجھے نہیں پتہ چل گیا تھا۔۔۔! بچے کے رونے کی آواز میری آواز سے کتنی ملتی جلتی ہے۔۔۔

پھر اس کے الفاظ میرے کان میں گونجنے لگے، "اچھے خاصے معمولی آدمی ہو۔" میں واقعی معمولی آدمی ہوں۔ ہر صبح اپنے گھر سے تیار ہو کر نکلتا ہوں۔ دروازہ بند کرتے ہوئے ہمیشہ ہمیشہ کے لئے الوداع کہتا ہوں۔ سورج کی طرف منہ کر کے دن بھر بھاگتا رہتا ہوں اور رات ہونے پر اپنے آپ کو گھر کے دروازے پہ کھڑا پاتا ہوں۔

صبح سب سے پہلے سارس کی طرح اڑتا ہوا میں اس عمارت تک جاتا ہوں۔ جہاں ایک عورت خوبصورت کیبن میں گلاس ٹاپ کے میز پر اپنی سفید مرمریں باہیں پھیلائے گھومنے والی کرسی پر بیٹھی رہتی ہے۔ وہ اپنے سفید بالوں کو ہر روز خضاب سے رنگ کر آتی ہے۔ میز پر پھیلی ہوئی اس کی باہیں، اس طرح لگتی ہیں کہ جیسے کسی عورت کی برہنہ ٹانگیں ہوں۔

کیبن کے ارد گرد سے کئی سیڑھیاں اوپر چڑھتی ہیں۔ سیڑھیاں چڑھتے ہوئے میں اس کیبن کے شیشوں میں سے اکثر جھانکتا ہوں اور سوچتا ہوں کہ اگر وہ واقعی اپنی ننگی ٹانگیں میز پر پھیلائے ہوئے ہے تو۔۔۔

سیڑھیاں جہاں سے شروع ہوتی ہیں۔ وہاں داہنے طرف ایک بڑی سی الماری لگی ہوئی ہے۔ جس میں چھوٹے چھوٹے بنک کے لاکروں جیسے کئی خانے بنے ہوئے ہیں جن میں ہر آدمی اپنی ذاتی چیزیں رکھ سکتا ہے۔ مگر میں ہر روز اپنی ذات ہی کو اس میں بند کر کے سیڑھیاں چڑھ جاتا ہوں۔ اور پھر شام کو جاتے ہوئے دوبارہ اسے نکال لیتا ہوں۔ باہر تھیٹر والوں کی گاڑی کھڑی رہتی ہے۔ اس کا ڈرائیور مجھے آنکھوں کے اشارے سے بیٹھنے کے لئے کہتا ہے اور میں شہر کے جدید ترین تھیٹر میں پہنچا دیا جاتا ہوں۔ جس کا پنڈال بالکل سرکس کے پنڈال کے جیسا ہے۔

میں اس تھیٹر میں پچھلے اٹھارہ برس سے ایک ہی رول ادا کر رہا ہوں۔ سٹیج بالکل وسط میں ہے۔ اور میرا پہلا میک اپ اتار کر گلی ور، کا میک اپ اور لباس پہنا دیا جاتا ہے۔ مکالمے سب بیک گراؤنڈ سے ہوتے ہیں۔ مجھے صرف للی پٹ والوں کی مار کھانے کا کردار ادا کرنا ہوتا ہے۔ ان کے ننھے ننھے سوئیوں جیسے بھالے میرے جسم میں چبھتے ہیں۔ ان کے کمانوں سے نکلے ہوئے چھوٹے چھوٹے تیر میرے جسم میں پیوست ہو جاتے ہیں۔

میرے مساموں سے خون کی بوندیں پسینے کی طرح نکلتی ہیں۔ مجھ میں خوبی بس یہی ہے کہ میں تکلیف کا اظہار نہیں کرتا اس لئے اتنے برسوں سے یہ سب چل رہا ہے۔ یہاں سے مجھے ملتا کچھ بھی نہیں یہ تو محض ہابی کے طور پر ہے۔ پھر جب شو ختم ہو جاتا ہے تو مجھے ایک اسٹریچر پر لٹا کر ایک باتھ روم میں لے جاتے ہیں۔ جہاں الکوحل سے بھرے ہوئے ٹب میں مجھے ڈال دیا جاتا ہے۔ الکوحل میرے زخموں میں ٹیسیں پیدا کرتی ہے۔ پھر ایک دم ایک خنکی کی لہر میرے جسم میں دوڑ جاتی ہے اور میں تازہ دم ہو کر گھر کی طرف بڑھتا ہوں۔

ایک دن عجیب تماشا ہوا۔ جب اس عمارت کے دروازے بند ہونے کا وقت آیا، تب میں پیشاب خانے میں تھا۔ میرے پیچھے دھپ سے دروازہ بند ہوا۔ میں گھبرا کر زور زور سے دروازہ پیٹنے لگا تب ایک آدمی نے آکر دروازہ کھولا۔ میں اس تصور سے ہی اس قدر گھبرا گیا تھا کہ اگر مجھے ساری رات اس پیشاب خانے میں بند رہنا پڑتا تو میری کیا حالت ہوتی۔ گھبراہٹ میں چلتے وقت میں نے اس کیبن کی طرف بھی دھیان نہ دیا کہ آیا وہ عورت چلی گئی ہے یا نہیں۔ اور نہ ہی اس لاکر میں رکھی ہوئی اپنی ذات ہی نکالنے کا خیال آیا۔ باہر تھیٹر کی گاڑی کا ڈرائیور ہارن پر ہارن بجائے جا رہا تھا۔ میں بھاگتا ہوا گاڑی میں بیٹھا اور گاڑی چل دی۔

میں بہت پریشان تھا کہ آج میں اپنی ذات کے بغیر اپنا رول کیسے ادا کر پاؤں گا۔ مگر میری حیرانی کی انتہاء نہ رہی جب میں نے دیکھا کہ اس دن شو ختم ہونے پر بھیڑ اپنی کرسیوں سے اٹھ کر میری طرف لپکی اور میری اداکاری کو اتنا قدرتی بتایا کہ میں خود بھی حیران رہ گیا۔

تب سے میں نے اپنی ذات کو اس لاکر ہی میں پڑا رہنے دیا ہے۔

ہوا کے ایک جھونکے نے کھڑکی کے پٹ کو زور سے پٹخ دیا ہے۔ میں پھر اپنے کمرے کے ماحول کی خوشبو محسوس کرنے لگا ہوں۔۔۔ سیڑھیوں پر بیٹھی ہوئی سرسوتی کی سسکیوں کی آواز روتے ہوئے بچے کی کرب ناک آواز میں اب ایک اور آدمی کی آواز بھی شامل ہو گئی ہے۔ شاید بچے کا باپ بھی جاگ گیا ہے۔ وہ اپنی بیوی کی لاش اور بلکتے ہوئے بچے کو سسکھ کر ضبط نہ کر سکا۔

ایک اچھے پڑوسی کے ناطے میرا فرض ہے کہ ان کے سکھ، دکھ میں حصہ بٹاؤں، کیوں کہ ہم سب ایک ہی درخت کے سائے تلے کھلے ہوئے آزاد پھول ہیں۔

میرا جی چاہتا ہے کہ، میں اپنے کمرے کی چاروں دیواروں میں سے ایک ایک اینٹ اکھاڑ کر ارد گرد کے کمروں میں جھانک کر انہیں سوتے ہوئے یا روتے ہوئے دیکھوں۔ کیوں کہ دونوں ہی حالتوں میں آدمی بے بسی کی حالت میں ہوتا ہے۔ مگر میں بھی کتنا کمینہ آدمی ہوں لوگوں کو بے بسی کی حالت میں دیکھنے کے شوق میں سارے کمرے کی دیواریں اکھاڑ دینا چاہتا ہوں۔

میں نے پھر اپنے آپ کو اٹھ کر ان کے کمروں میں جا کر ان کے رونے کی وجہ دریافت کرنے پر آمادہ کیا۔ رونے کی آوازیں اب کافی بلند ہو چکی تھیں۔ اور ان کی وجہ سے کمرے میں بند رہنا ممکن نہ تھا۔ میں نے وہی کفن جیسی سفید چادر اپنے گرد لپیٹی اور سیاہ سلیپر پہن کر دروازے کی طرف بڑھا۔ جوں ہی میں نے دروازے کی چٹخنی کی طرف ہاتھ بڑھایا کہ باہر سے کسی نے دروازے پر دستک دی، میں نے جھٹ سے دروازہ کھول دیا۔

سیڑھیوں میں بیٹھ کر رونے والی سرسوتی، بلک بلک کر رونے والا بچہ، مری ہوئی عورت اور اس کا مجبور خاوند چاروں باہر کھڑے تھے۔ چاروں نے یک زبان مجھ سے

پوچھا۔

"کیا بات ہے آپ اتنی دیر سے رو رہے ہیں؟ ایک اچھے پڑوسی کے ناطے ہم نے اپنا فرض سمجھا کہ۔۔۔!"

***

دوسرے آدمی کا ڈرائنگ روم

سمندر پھلانگ کر ہم نے جب میدان عبور کیے تو دیکھا کہ پگڈنڈیاں ہاتھ کی انگلیوں کی طرح پہاڑوں پر پھیل گئیں۔ میں اک ذرا رکا اور ان پر نظر ڈالی جو بوجھل سر جھکائے ایک دوسرے کے پیچھے چلے جارہے تھے۔ میں بے پناہ اپنائیت کے احساس سے لبریز ہو گیا۔۔ تب علیحدگی کے بے نام جذبے نے ذہن میں ایک کسک کی صورت اختیا کی اور میں انتہائی غم زدہ، سر جھکائے وادی میں اتر گیا۔

جب پیچھے مڑ کر دیکھا تو وہ سب تھوتھنیاں اٹھائے میری طرف دیکھ رہے تھے۔ بار بار سر ہلا کر وہ اپنی رفاقت کا اظہار کرتے، ان کی گردنوں میں بندھی ہوئی دھات کی گھنٹیاں "الوداع، الوداع" پکار رہی تھیں۔ اور ان کی بڑی بڑی سیاہ آنکھوں کے کونوں پر آنسو موتیوں کی طرح چمک رہے تھے۔

میرے ہونٹ شدت سے کانپے، آنکھیں مند گئیں، پاؤں رک گئے مگر پھر بھی میں بھاری قدموں سے آگے بڑھا، حتٰی کہ میں ان کے لیے اور وہ میرے لئے دور افق پر لرزاں نکتے کی صورت اختیار کر گئے۔

وادی میں اونچے اونچے بے ترتیب درخت جابجا پھیلے ہوئے تھے، جن کے جسموں کی خوشبو فضا میں گھُل گئی تھی۔ نئے راستوں پر چلنے سے دل میں رہ رہ کے امنگ سی پیدا ہوتی۔ سورج مسکراتا ہوا پہاڑ پر سیڑھی سیڑھی چڑھ رہا تھا کہ میں گرد آلود پگڈنڈیوں کو

چھوڑ کر صاف شفاف، چکنی سڑکوں پر آگیا۔ پختہ سڑکوں پر صرف میرے پاؤں سے جھڑتی ہوئی گرد تھی، جو میں پگڈنڈیوں سے لے کر آیا تھا۔۔۔ یا پھر میرے قدموں کی چاپ سنائی دے رہی تھی۔

چکنی سڑکوں کی سیاہی دھیرے دھیرے ابھر کر فضا میں تحلیل ہونے لگی اور افق پر سورج کمزوری سے لڑھکنے لگا۔

ابھی جھٹپٹا ہی تھا کہ میں ایک گول کشادہ مکان کے بڑے سے پھاٹک پر آرکا۔ نئے خوبصورت پھولوں سے لدی جھاڑیوں اور کنجوں میں سے ہوتی ہوئی ایک روش اونچے اونچے ستونوں والے برآمدے تک چلی گئی جس پر بکھرے ہوئے پتھر دن کی آخری زرد دھوپ میں چمچمارہے تھے۔ میں نپے تُلے قدم رکھتا ہوا یوں آگے بڑھا جیسے پہلے بھی کئی بار یہاں آچکا ہوں۔

خاموش، ویران برآمدے میں میری آواز گونجی۔ مجھے تعجب سا ہوا۔ یوں محسوس ہوا کہ جیسے کوئی مجھے پکار رہا ہے۔ میں آپ ہی آپ مسکرا دیا۔ کوئی جواب نہ پاکر آگے بڑھا اور بڑے سے ولندیزی دروازے نے مجھے باہیں پھیلا کر خوش آمدید کہا۔

ولندیزی دروازوں کے ساتھ ہی قدیم آریائی جھروکوں ایسی کھڑکیاں تھیں اور ان سب پر گہرے کتھئی رنگ کے بھاری پردے لٹک رہے تھے، جن کی سجاوٹ سے سارے کمرے میں گہرے دھندلکے کا احساس ہو رہا تھا۔ ماحول کی اس ایکا ایکی تبدیلی نے مجھ پر ایک عجیب کیفیت طاری کر دی اور میں سہما سہما کھڑا ہو گیا۔

"نیند کی جھپکی تھی شاید؟"

نیم تاریک کمرے میں سہما سہما صوفے کے گدگدے پن میں دھنستا ہوا پاتال میں اترا جا رہا ہوں۔ آتش دان میں آگ بجھ گئی ہے پھر بھی راکھ میں چھپی بیٹھی چنگاریوں کی

چمک گہرے سبز ریشمی قالین پر ابھی موجود ہے۔ کارنر ٹیبل پر رکھے دھات کے گل دان کو میرے بڑے سے ہاتھ نے چھو کر چھوڑ دیا ہے۔ اس کے جسم کی خنکی ابھی تک انگلیوں پر محسوس ہو رہی ہے۔ گل دان کا اپنا ایک الگ وجود میں نے قبول کر لیا ہے۔ ہاتھ میرا ہے اسی لیے احساس بھی میرا ہے۔ لیکن گل دان نے میرے احساس کو قبول نہیں کیا ہے۔

مجھے 'اس کا' انتظار ہے۔ 'وہ' اندر کاریڈار میں کھلنے والے دروازے سے پردہ سرکا کر مسکراتا ہوا نکلے گا۔ اور میں بوکھلاہٹ میں اٹھ کر اس کی طرف بڑھوں گا۔ اور پھر ہم دونوں بڑی گرم جوشی سے ملیں گے۔ وہ بڑا خوش سلیقہ آدمی ہے۔ ڈرائنگ روم کی سجاوٹ، رنگوں کا انتخاب، آرائشی چیزوں کی سج دھج۔۔۔ سب میں ایک 'گریس' ہے۔ نہ جانے وہ کب سے ان کے بارے میں سوچ رہا تھا، ان کے لئے بھٹک رہا تھا۔۔۔ اور تب کہیں جا کر وہ سب کر پایا ہے۔

آتش دان بلیک ماربل کو کاٹ کر بنایا گیا ہے۔ جس پر جا بجا غیر مسلسل سفید دھاریاں ہیں۔ میں کچھ دیر تک ان دھاریوں کو غور سے دیکھتا رہا۔ مجھے یوں محسوس ہوا کہ جیسے وہ دھاریاں طویل و عریض صحرا کے 'لینڈ اسکیپ' سے مشابہ ہیں۔ بالکل خالی صحرا، اداس، خاموش۔ اور میں آہستہ آہستہ چلتا ہوا اس صحرا میں کھو گیا اور ریت کے جھکڑ نے مجھے اپنے اندر گم کر لیا۔ اور میں ویسے ہی سہما سہما خوف زدہ سا اپنے آپ کو ڈھونڈنے کے لیے اس صحرا کی طرف بڑھا۔

میں آتش دان پر بنی کارنس پر ہاتھ جما کر، جھک کر اپنے آپ کو تلاش کرنے لگا۔ کارنس پر ایک تصویر رکھی تھی جو بے دھیانی میں میرا ہاتھ لگنے سے گر گئی۔ میں نے اس تصویر کو اٹھا کر دیکھا، ایک خوش پوش آدمی گود میں ایک ننھی سی بچی کو اٹھائے بیٹھا ہے اور اس کے بائیں کندھے سے بھڑائے ایک عورت بیٹھی ہے۔ دونوں مسکرا رہے ہیں اور

بچی ان کی طرف مڑ کر دیکھ رہی ہے۔ نہ جانے کیوں مجھے خیال آیا کہ کبھی ایسی ہی تصویر کھنچوانے کے لیے میں بھی بیٹھا تھا اور فوٹو گرافر نے کہا تھا، "ذرا مسکرائیے!"

ہم تینوں مسکرائے اور فوٹو گرافر نے کہا، "تھینک یو"، اور ہم اٹھ کر بیٹھ گئے۔ ہم ابھی تک بکھرے ہوئے ہیں۔ اگر اکٹھے بھی ہو جائیں تو مسکرا نہیں سکتے۔ باقی تصویر ویسی کی ویسی کھنچ جائے گی۔

لیکن 'وہ' تصویر میں مسکرا رہا ہے، اس کی بیوی بھی مسکرا رہی ہے اور بچی بھی شاید، کیوں کہ اس کا چہرہ دکھائی نہیں دیتا۔ ایسے ہی مسکراتا ہوا وہ پچھلے دروازے سے وارد ہو گا۔ اور اس کی بیوی پچھلے کمروں میں کسی بیڈروم میں بیٹھی مسکرا رہی ہو گی۔ اور بچی شاید مکان کے پچھواڑے خوب صورت، پُر سکون کنجوں میں تتلیاں پکڑ رہی ہو گی۔

صوفے کے سائیڈ ٹیبل پر پینے کے لیے کچھ رکھ دیا گیا ہے۔ جب میں اس تصویر کے بارے میں سوچتا رہا تھا اور اپنے آپ کو صحرا میں کھوج رہا تھا تو کوئی چپکے سے نارنگی کے رنگ کی کسی چیز کا گلاس رکھ گیا تھا۔

"ٹھک۔۔۔ ٹھک۔۔۔ ٹھک"، برآمدے سے کسی کے زمین پر لاٹھی ٹیک کر چلنے کی آواز آ رہی ہے۔ بڑی مسلسل، بڑی متوازن، بڑی باقاعدہ۔ میں دروازے کا پردہ سرکا کر سر باہر نکال کر دیکھتا ہوں۔ کوئی آہستہ آہستہ چلتا ہوا برآمدے کے خم سے مڑ گیا اور اب اس کی پشت بھی غائب ہو گئی ہے اور لاٹھی ٹیکنے کی آواز ہر لحظہ دور ہوتی جا رہی ہے۔

"سمندر کنارے کا کوئی شہر ہے؟"

"ہاں ہاں، سمندر کنارے کا کوئی شہر ہے!" میں واپس کمرے میں آتے ہوئے سوچتا ہوں۔ نمکین ہواؤں کا جھونکا سب چیزوں کو چھیڑتا ہوا، سب چیزوں پر سے گزر گیا۔

"سمندر سے میرا تعلق ہے؟ میں سمندر کے بارے میں اتنا فکر مند کیوں ہوں؟" میرے ذہن میں سمندر اپنی بے کرانی، اپنی گہرائی اور اپنے مد و جزر کے ساتھ پھیلتا چلا گیا اور میں محسوس کرنے لگا کہ یہ واقعی سمندر کنارے کا کوئی شہر ہے اور میں ایک کمزور سی، نحیف سی چھوٹی سی کشتی کی طرح ہچکولے کھاتا ہوا، ڈولتا ہوا کھڑکی تک پہنچا اور جھٹ سے پردہ ہٹا دیا۔

"باہر شاید برف گر رہی ہے۔"

"ایک ایک گالا، ایک ایک گالا۔" میں نے اپنا ہاتھ بڑھایا اور میرا ہاتھ کھڑکی سے باہر فضا میں دھیرے دھیرے کبھی سیدھا کبھی الٹا حرکت کرنے لگا مگر ایک گالا بھی اس پر نہ گرا، ایک ذراسی خنکی بھی اس پر محسوس نہ ہوئی۔

"قدیم آریائی جھروکوں ایسی کھڑکی!" میں بڑبڑا اس کی طرف دیکھنے لگا۔

"برف کہاں ہے؟"

"نہیں، کہیں نہیں!" میں خود ہی سوال کرتا ہوں اور پھر خود ہی جواب دیتا ہوں، مگر اس سوال اور جواب کی آواز کہیں سنائی نہیں دیتی، صرف محسوس ہوتی ہے، ایک اداس، پراسرار سرگوشی۔۔۔ اور میں اس احساس سے خوف زدہ ہو کر پھر اس گل دان کی طرف پلٹتا ہوں جس نے سب سے پہلے اس کمرے میں میرے احساس کو بیدار کیا تھا۔

بڑا سا گول گل دان جس پر بڑی ترتیب سے نقش و نگار بنائے گئے تھے بالکل بے حرکت پڑا ہے اور اس میں شروع جاڑوں کے پھول سجے ہوئے ہیں۔ یہ پھول کس ہاتھ نے سجائے ہیں؟ گل دان سے ہٹ کر میرا ذہن کچھ ہاتھوں کے بارے میں سوچتا ہے جن میں پھول ہیں۔ پھر ہوا کھڑکی کے پردوں کو چھیڑتی ہے، دروازے کا پردہ بھی سرسراتا ہے اور میں بالکل تنہا ان تمام چیزوں کے بارے میں سوچتا ہوں اور محسوس کرتا

ہوں اور پھر غم زدہ ہو جاتا ہوں۔ بے وجہ کا غم، بے بنیاد اکیلا پن۔

ایک سانپ میرے ذہن میں پھن پھیلا کر اپنی تیز تڑپتی ہوئی سرخ زبان نکال کر ادھر ادھر دیکھتا ہے، پھر آہستہ سے نیچے قالین پر اتر جاتا ہے اور تیزی سے چلتا ہوا پیچھے والے دروازے کی طرف بڑھ جاتا ہے۔ میں خوف زدگی کی انتہائی کیفیت میں چیخ اٹھتا ہوں اور میری نظروں کے سامنے بیڈروم میں بیٹھی ہوئی، مسکراتی ہوئی ایک عورت انگڑائی لیتی ہے اور تتلیاں پکڑتی ہوئی ایک بچی زقند بھرتی ہے اور میں صوفے کی پشت کو مضبوطی سے تھام لیتا ہوں اور آنکھیں بند کر لیتا ہوں۔ سارا منظر کہیں دور اندھیرے میں آہستہ آہستہ گم ہو جاتا ہے۔

"وہ ابھی نہیں آیا۔ رات باہر لان میں اتر آئی ہو گی۔" لاٹھی ٹیکنے کی آواز پھر قریب آتی ہوئی محسوس ہوتی ہے۔ میں تیزی سے بڑھ کر دروازے کا پردہ ہٹا دیتا ہوں۔ ایک اندھا، ادھیڑ عمر آدمی لاٹھی کے سہارے بڑھ رہا ہے۔۔۔ نپے تُلے قدموں کے ساتھ لاٹھی کی باقاعدگی سے ابھرتی ہوئی آواز کے ساتھ۔ اس سے پیشتر کہ میں اسے بڑھ کر روکوں، وہ آگے بڑھ جاتا ہے اور خاموشی سے برآمدے کے خم سے مڑ جاتا ہے۔ ایکا ایکی پلٹ کر میں کمرے کے خالی پن کو گھورتا ہوں۔ بڑا خوبصورت کمرہ ہے۔ دیوار پر بارہ سنگے کا ایک سر ٹنگا ہوا ہے اور اس کے نیچے ایک بڑا ہی مرصع تیر کمان آرائش کے لیے لٹکا ہوا ہے۔ کھڑکی اور دروازے کے درمیان والی دیوار کے خالی پن کو بھرنے کے لیے چوڑے سنہری چوکھٹ والی ایک بڑی سی تصویر ٹنگی ہے جس میں ہزار رنگوں والی ان گنت جنگلی چڑیاں پھدکتی ہوئی محسوس ہوتی نظر آ رہی ہیں۔

"سب خوب ہے! ہر چیز جاذب ہے! تمام کچھ اپنانے کو جی چاہتا ہے۔ کاش! اے کاش! یہ سب کچھ میرا ہوتا۔ یہ صوفہ، کارنر ٹیبل پر پڑا ہوا گل دان، بک کیس میں پڑی

ہوئی کتابیں، کارنس پر رکھی ہوئی تصویر، گہرے سبز قالین کا گدگداپن، آریائی جھروکوں ایسی کھڑکیاں، ولندیزی دروازے پر سرسراتے ہوئے پردے، بیڈروم میں مسکراتی عورت، تتلیاں پکڑتی ہوئی بچی اور ان تمام چیزوں کے اپنا ہونے کا ہمہ گیر، بھرپور احساس۔"

"مگر نہیں۔۔۔ یں۔ یں۔ ں!" اف! میری آواز اس قدر بلند کیوں ہے؟" مجھے اپنے چلانے پر ندامت محسوس ہوتی ہے۔ ندامت، خوف اور اجنبیت کے احساس سے میں گزر جاتا ہوں اور پھر مجھے اپنا وجود گہرے سبز قالین پر اوندھا پڑا محسوس ہوتا ہے اور ایسا لگتا ہے جیسے کوئی آدمی قالین کو اپنی انگلیوں میں بھر لینے کی کوشش میں تڑپ رہا ہے، رو رہا ہے اور پھر اس کی ہچکی بندھ جاتی ہے۔

"خاموش ہو جاؤ۔۔۔ خاموش!" میں گہرے غم میں ڈوب کر اسے کہتا ہوں اور میرے اپنے آنسو ڈھلک کر میرے رخساروں تک آ جاتے ہیں اور میں اسے ویسے ہی خاموشی سے تڑپتا ہوا دیکھتا ہوں۔

"ٹھک۔۔۔ ٹھک۔۔۔ ٹھک"، میں تیزی سے دروازے کی طرف بڑھتا ہوں۔ "رُک جاؤ۔۔۔ و۔۔۔ و۔۔۔ و!" میں دھاڑتا ہوں۔ اندھا بالکل میرے قریب سے گزر گیا ہے۔ اس پر میری آواز کا کوئی اثر نہیں ہوتا۔ میں لپک کر اسے پکڑنے کی کوشش کرتا ہوں لیکن ناکام رہتا ہوں۔ (یہ میری زندگی کی بہت سی ناکامیوں میں سے ایک ناکامی ہے۔ میں اسے پہلے دن سے ہی پکڑنے میں ناکام رہا ہوں) وہ برآمدے کے موڑ سے اوجھل ہو گیا ہے۔

اندر وہ قالین پر اوندھا پڑا ابھی تک بسور رہا ہے۔ پیچھے کھلنے والے دروازوں پر ذرا بھی جنبش نہیں ہوتی۔ سانپ کے مکان میں گھس جانے سے ذرا بھی ہلچل پیدا نہیں ہوتی۔

("اُف کتنے بے حس لوگ ہیں!")

اسی دروازے کے قریب تپائی پر کانسے میں ڈھلا ایک بوڑھا بیٹھا بڑی بے فکری سے ناریل پی رہا ہے۔

"اچھا تو میں چلتا ہوں۔"

"چلتا ہوں؟ مگر کہاں؟" سوال اور جواب دونوں ہاتھ پھیلائے نظریں ایک دوسرے پر گاڑے کھڑے ہیں اور میں آہستہ سے سرک کر اس مجمعے کے پاس پہنچ جاتا ہوں۔

"پانی تو پی لیجئے"، ایک بڑی ہی میٹھی آواز کمرے میں گونجی۔

"نہیں، بس اب میں چلتا ہوں، بہت دیر ہوگئی"، میں پلٹے بغیر، اس عورت کو دیکھے بغیر ہی جواب دیتا ہوں۔

"لیکن کہاں؟" آواز پھر ابھری اور پھیل گئی۔ (سوال اور جواب نے مل کر شرارت کی ہے شاید! اور اب میں ان کے درمیان کھڑا ہوں اور میرے لیے ان کی فتح مند نظروں کی تاب لانا مشکل ہو رہا ہے اور میں سر جھکا کر خاموش ہو جاتا ہوں)

"یہ سب اگر نہ ہو سکے تو بھی کوئی بات نہیں۔ مگر اتنا تو ہو ہی سکتا ہے کہ میں اس بوڑھے کی طرح بے فکری سے بیٹھا تمباکو پیتا رہوں؟"

"پہلے کانسے میں ڈھلنا پڑے گا!" قالین پر اوندھے پڑے آدمی نے کہا اور اٹھ کر آتش دان پر بنے صحرا میں گم ہو گیا۔

"کیا کوئی مجھے کانسے میں ڈھالے گا؟" میں نے مجسمے کو مخاطب کر کے کہا۔ بوڑھے نے تمباکو کا ایک لمبا کش لگایا اور مسکراتے ہوئے دھواں میرے چہرے پر چھوڑ دیا۔ قدیم آریائی جھروکوں ایسی کھڑکیوں کے پردے سرسرائے اور بڑی سی تصویر میں ہزار رنگوں

والی جنگلی چڑیوں نے پھدک کر اپنی اپنی جگہیں بدل لیں۔ میں خوف زدگی کے انتہائی احساس سے لڑکھڑاتا ہوا سائیڈ ٹیبل تک پہنچا اور غٹاغٹ سارا گلاس چڑھا گیا۔

"ابھی اسے صحرا میں کھوجنا ہے۔ شاید اس شدید برف باری میں بھاگ کر جانا پڑے۔ یا پھر سمندر کنارے کے شہر میں۔" (کشتی بہر حال ساحل تک پہنچنی چاہیے)

(ایک بپھرا ہوا سمندر، ایک ریت اڑاتا صحرا اور ایک برف کا طوفان اور میں اکیلا آدمی! میں کیا کچھ کر لوں گا؟) میں دل ہی دل میں اس چیز کو گالی دیتا ہوں۔ جو یہ سب کچھ سوچتی ہے مگر نظر نہیں آتی اور مجھ نحیف، کمزور، بے سہارا۔۔ کو بھٹکاتی پھرتی ہے۔

"ٹھک۔۔۔ ٹھک۔۔۔ ٹھک۔" وہ پھر گزر گیا ہے۔ میں اسے پکڑ نہیں سکتا، اس سے بات نہیں کر سکتا۔ وہ گونگا، بہرا، اندھا۔ ذہن میں سوراخ کرتی ہوئی اس کی لاٹھی کی آواز۔

"چلو بھائی چلو"، دروازے پر کسی نے دستک دی ہے۔

"مگر وہ تو ابھی آیا نہیں"، میں نے جواب دیا۔

"اب نہیں پھر سہی، دیکھو دیر ہو رہی ہے"، آواز باہر لان میں سے گونج کر آ رہی ہے۔

"ذرا سنو! پھر کب آنا ہو گا؟" میں نے پلٹ کر ڈرائنگ روم میں چاروں طرف نظریں گھمائیں جو مجھے انتہائی پسند تھا۔۔۔ پُر سکون، آرام دہ، کوزی۔

جواب میں وہ قہقہہ لگا کر ہنسا۔ شاید وہ میری حریص نگاہوں کا مطلب سمجھ گیا تھا۔

لاٹھی ٹیکنے کی آواز بڑی جلدی جلدی دروازے پر سنائی دی۔ شاید اسے بھی جلدی ہے۔ باہر صرف آواز تھی۔ ایک اس کے قہقہے کی آواز، دوسری اندھے کی لاٹھی کی آواز۔ اور رات باہر لان میں اتر کر سارے میں پھیل گئی تھی۔۔۔ شروع جاڑوں کی

اندھیری رات۔

"یہ سب تمہارا ہی تو تھا۔ مگر اب اس سے زیادہ نہیں۔ بہت دیر ہو رہی ہے"، اس کی آواز پھر گونجی، پھیلی اور سمٹ کر پھر باہر واپس چلی گئی۔

میں کسی انجانی چیز کے کھو جانے کے غم سے پھوٹ پھوٹ کر رونے لگا۔ "مجھے تم نے پہلے کیوں نہیں بتایا"، میں چیخا۔ "کم از کم میں پچھلے دروازے سے اندر جا کر ان میں ایک لمحے کے لیے بیٹھ تو جاتا۔ ان کی چاہت، ان کی اپنائیت کی گرمی سے اپنی آغوش کے خالی پن کو آسودہ کر لیتا۔ یہ ظلم ہے۔۔۔ سراسر ظلم!"

"ہا۔۔۔ ہا۔۔۔ ہا۔"

میں نے خالی قالین کو ایک نظر دیکھا اور پھر بڑھ کر اسے اپنی باہوں میں بھر لینے کے لئے اس پر اوندھا لیٹ گیا۔ اور میری پشیمانی کے آنسوؤں سے اس کا دامن بھیگنے لگا۔ اور پھر صحرا میں بھٹکا ہوا آدمی آہستہ سے چل کر میرے قریب آکر بیٹھ گیا۔ کانسے میں ڈھلے ہوئے بوڑھے نے ایک اور گہرا کش لیا اور تمباکو کا دھواں میری طرف اگل دیا۔

میں نے پھٹی پھٹی نگاہوں سے ان کی طرف دیکھا اور پوچھنا چاہا، "دیکھ رہے ہو؟ یہ سب دیکھ رہے ہو نا؟" ایکا ایکی میں نے اپنی بے چارگی پر قابو پایا اور بازو لہرا کر کہنا چاہا، "سنو! تم سب سن لو۔ سمندر کنارے کے شہر کا پتہ ہے نا؟ اگر کبھی کوئی کمزور، نحیف، بے سہارا کشتی ساحل سے آکر لگے تو سمجھ جانا کہ وہ میں ہوں!"

***

ساحل پر لیٹی ہوئی عورت

شکاری مرگول آنکھوں سے اندھا تھا۔

اس کے اندھا ہونے کے پیچھے بھی ایک پراسرار داستان تھی۔ ہوایوں کہ ابھی یہ نگر آباد ہی ہورہا تھا جس میں وہ رہتا ہے کہ وہ ایک تیز رفتار ہرن کے پیچھے بھاگتا ہوا یہاں تک پہنچا۔ وہ ہانپ رہا تھا اور ہرن یہاں پہنچ کر پہاڑی کے نیچے اوجھل ہوگیا۔۔۔ وہ سرحد تھی اور اس سے آگے جانے کا قانوناً حکم نہ تھا۔۔۔ اور قانون صرف انسان کے لیے ہے جو مہذب ہے، پڑھا لکھا ہے، اپنا اور سماج کا اچھا برا سمجھ سکتا ہے۔ اس چوکڑیاں بھرتے ہرن کے لیے نہیں جو ایک ملک سے دوسرے ملک میں بغیر ضروری کاغذات کے داخل ہو جاتا ہے۔

لہٰذا مرگول وہاں رک گیا۔ اس نے پہاڑ کے دامن میں ایستادہ ایک تختی دیکھی جس پر لکھا تھا، "بغیر اجازت نامہ کے آگے بڑھنا قانوناً منع ہے۔۔۔" اور یہ قانون دونوں ملکوں کے حکام کی مرضی سے بنا تھا۔۔۔

مرگول کو اپنی شکست کا بڑی شدت سے احساس ہوا۔ بے بسی پر افسوس ہوا اور انسان ہونے پر ندامت ہوئی۔۔۔ گہری سانس لیتا ہوا، داہنے ہاتھ میں وزنی بندوق تھامے کیچڑ سے لت پت اپنے شکاری بوٹوں کو دیکھنے لگا اور اس کے جسم سے پسینہ یوں پھوٹ پڑا جیسے چشمے سے پانی ابل پڑتا ہے۔ اس نے اپنے اردگرد نظریں گھما کر دیکھا۔ دائیں طرف

ایک اونچی سرمئی پتھروں والی پہاڑی تھی جس پر ہری بھری بوٹیاں اگی تھیں۔۔۔ سامنے دور، دور تک سرسبز میدان پھیلا تھا جس میں اونچے گھنے درخت جھوم رہے تھے۔ بائیں جانب وسیع گہرا سمندر تھا جس کا پانی دیوانوں کی طرح ساحل سے سر ٹکرا رہا تھا۔ اور پیچھے وہ جنگل تھا جسے وہ پھلانگ کر آیا تھا۔۔۔ اور اس سارے ماحول میں نیلے آسمان کے تلے ایک نیا نگر تعمیر ہو رہا تھا جس میں انسانی ضروریات کی تمام چیزیں مہیا کی جارہی تھیں۔ فصیل ابھی آدمی کے قد تک ہی اونچی ہوئی تھی اور نگر کا بڑا دوار کھڑا کیا جارہا تھا۔

اس نے دیکھا کہ سب اچھا ہے اور اس نے وہیں رہنے کا ارادہ کرلیا۔ اور وہیں رہنے لگا۔۔۔ کچھ ہی دنوں کے بعد وہ اس دنیا کا ایک حصہ بن گیا اور نگر کے دوسرے لوگ اسے جاننے لگے اور وہ ان سے واقف ہو گیا۔۔۔ لہٰذا وہ سورج نکلتے ہی نگر دوار سے باہر نکلتا اور اپنی بندوق کے بل بوتے پر شکار کرکے شام کو واپس لوٹ آتا۔

ایک شام جب وہ کچھ خرگوش مار کر لوٹ رہا تھا۔ اس نے ایک بڑا ہی عجیب منظر دیکھا کہ ایک سیاہ فام الف ننگی عورت سمندر میں سے نکلی اور ساحل کی ریت پر اپنے پاؤں کے نشان چھوڑتی ہوئی پہاڑ کی طرف بڑھنے لگی۔ عورت کا جسم بلا کا پر کشش تھا اور ڈوبتے ہوئے سورج کی روشنی میں اس کے جسم کا انگ، انگ چمک رہا تھا۔ مرگول کے ذہن میں اتھل پتھل سی ہوئی اور اچانک اس نے دیکھا کہ مرے ہوئے خرگوشوں میں سے ایک خرگوش نے آنکھیں کھولیں، ایک انگڑائی لی اور پھر اس کی رسی کا حلقہ کھول کر یہ جا، وہ جا جنگل کی طرف بھاگ گیا۔

مرگول اچھا شکاری تھا، مگر قدرت بھی بڑی ستم ظریف چیز ہے۔۔۔ کہ آدمی کو سب کچھ نہیں دیتی۔۔۔ لہٰذا مرگول قوت مردمی سے محروم تھا۔۔۔ لیکن خرگوش کی اس حرکت نے اس کے جسم میں ایک عجیب طرح کی پھریری پیدا کی اور وہ محسوس کرنے لگا

کہ وہ اس احساس سے دوچار ہوا ہے جس سے زندگی بھر اس کا سابقہ نہیں پڑا تھا۔۔۔ وہ خوش ہوا اور دیوانہ وار اس عورت کے پیچھے بھاگا۔۔۔ عورت بلا کی تیز رفتاری سے چلنے لگی وہ ہانپتا ہوا اس کے پیچھے جا رہا تھا۔ سورج پہاڑ کے پیچھے غروب ہو گیا اور سارے میں دھندلکا پھیل گیا اور اس دھندلکے میں وہ عورت پہاڑ کی ایک کھوہ میں داخل ہوئی اور نظروں سے اوجھل ہو گئی۔ وہ لپک کر کھوہ کے دہانے تک پہنچا اور اس نے دیکھا اندر گہری تاریکی ہے اور کچھ دکھائی نہیں دے رہا۔ اس نے پکارا۔

"اے عورت تو کہاں ہے۔۔۔ ہم تم سے ملنا چاہتے ہیں۔ تو ہماری زندگی کے لیے لازم ہو گئی ہے۔۔۔"

"اے شکاری مرگول اندر مت آنا۔ کھوہ کے دہانے سے آگے کی زمین تم پر آگ برسائے گی اور تو اپنے اندر کے جذبے اور باہر کی آگ میں جل کر راکھ ہو جائے گا۔۔۔ اگر تو مجھے پانا چاہتا ہے تو برس ہا برس تک تجھے تگ و دو کرنا ہو گی اور پھر کہیں جا کر تو وصل کی مسرت پائے گا،" کھوہ کے اندر سے سیاہ فام عورت کی مترنم آواز سنائی دی جو اس کی جسمانی کشش سے بھی زیادہ پر کشش تھی۔

مرگول کے ہاتھ میں پکڑی ہوئی بندوق تڑپ اٹھی۔ اس کا جسم مارے غصہ کے کانپ اٹھا اور اس نے زمین پر سے پتھر اٹھایا اور کھوہ کے اندر دے مارا اور غصہ میں چیخا۔

"میں مرد ہوں اور یہ میرا شیوہ نہیں۔ تم نے اگر اپنے آپ کو میرے حوالے نہ کیا تو مجبوراً مجھے اپنی بندوق سے کام لینا ہو گا۔"

اندر سے ایک کراہ سنائی دی۔ اور پھر ایک غضب ناک آواز، "تم نے مجھ کو پتھر سے مارا۔۔۔ اب تم پر لازم ہے کہ ہر روز اسی وقت مجھ پر آ کر پتھر کی ضرب لگاؤ۔ اور اگر تم نے اپنے معمول میں ناغہ کیا تو میرا قہر تم پر نازل ہو گا۔ اور تو زندہ نہ بچے گا۔ اس کے بعد

آسمان پر بجلی چمکی اور بادل گرجے اور سب طرف تاریکی پھیل گئی۔۔۔ اور مرگول خوف زدہ ہو گیا۔ اس کے ہاتھ میں پکڑی ہوئی بندوق اور کندھے سے لٹکتے ہوئے مردہ خرگوش بارش میں بھیگ گئے اور وہ ٹھٹھرتا ہوا وہاں سے چلا اور اپنے گھر پہنچ کر دم لیا۔

اگلی صبح مرگول پورا مرد تھا۔۔۔ اور اس کے بعد اس نے یکے بعد دیگرے کئی عورتوں سے اپنے تعلقات قائم کیے اور زندگی کی بے پناہ مسرت سے ہم کنار ہوا۔ وہ بہت خوش تھا کہ اب وہ جانور کی آہٹ اور پرندے کی آواز پر گولی مار کر اسے ڈھیر کر سکتا تھا۔ شام کو جب وہ جنگل سے شکار کر کے واپس لوٹتا تو معلوم کے مطابق بلاناغہ کھوہ کے دہانے پر کھڑا ہو کر زمین پر سے ایک پتھر اٹھاتا اور پھر اسے کھوہ کے اندر دے مارتا۔ تب اندھیرے میں سے عورت کے دبے، دبے قہقہہ کی آواز سنائی دیتی اور وہ خوفزدہ سا اپنے گھر کی طرف بڑھ جاتا۔۔۔ شہر تب تک پوری طرح آباد ہو چکا تھا۔

یہ معمول کئی برسوں تک چلتا رہا۔۔۔ کہ ایک دن سورج نہ نکلا۔ سب طرف کہرہ چھایا ہوا تھا۔ گہری دھند تھی کہ ہاتھ کو ہاتھ سجھائی نہ دیتا تھا۔ مرگول کے بستر پر شہر کی خوبصورت ترین عورت شب باشی کے لیے موجود تھی جو ابھی بیدار نہ ہوئی تھی کہ اس کا جسم گہرے سکھ میں ڈوبا ہوا تھا۔

مرگول نے اس کے خوبصورت، سڈول، چکنے جسم پر اپنے ہاتھ پھرائے وہ کسمسا کر ذرا سا مسکرائی اور بدستور سوتی رہی۔۔۔ مرگول نے سوچا آج وہ شکار پر نہیں جائے گا کہ جانور اور پرندے سب اپنی اپنی رہائش گاہوں میں دبکے پڑے ہوں گے۔ اس نے عورت کے گرم گرم جسم سے اپنے آپ کو لپیٹ لیا اور سر اس کی چھاتیوں دے کر پھر سو گیا۔۔۔ اور بے خبر ہو گیا۔۔۔ شام ہونے سے پہلے، پہلے بارش بھی شروع ہو گئی۔

اگلے دن جب مرگول شکار کو جانے لگا تو اس نے اس کھوہ کی طرف آنکھ اٹھا کر

دیکھا۔ الف ننگی سیاہ فام عورت دہانے پر کھڑی تھی۔ اس کا چہرہ غضب ناک تھا۔ اور ٹکٹکی باندھے مرگول کی طرف دیکھ رہی تھی۔ مرگول غیر ارادی طور پر، جیسے کسی جادو نے اسے جکڑ رکھا ہو، آہستہ آہستہ کھوہ کی طرف بڑھنے لگا۔۔۔ اور پھر عورت کے بالکل مقابل کھڑا تھا۔ اس میں بولنے تک کی طاقت نہ تھی۔

"تم نے کل اپنے معمول کو توڑ دیا شکاری مرگول۔۔۔ تم نے کل جو پتھر مجھ پر نہ مارا اس پتھر کا کیا ہوا۔۔۔؟ اور میرے جسم کا وہ حصہ جس پر کل چوٹ نہ پڑی اس کا کیا ہوگا۔۔۔؟ میں نے تمہارے جسم کو جو طاقت دی وہ قدرت نے تمہیں عطا نہیں کی تھی۔ شرط تھی کہ تم بلاناغہ مجھ پر پتھر برساؤ گے۔ تم نے وعدہ خلافی کی۔ لہٰذا سزا کے لیے تیار ہو جاؤ۔۔۔ یہ لمحے جو تم گزار رہے ہو، یہ سانسیں جو تم لے رہے ہو۔۔۔ تمہاری زندگی کی آخری سانسیں ہیں۔۔۔" عورت نے اسے قہر آلود نظروں سے دیکھتے ہوئے کہا۔

اور مرگول نے دیکھا کھوہ میں سے نکل کر ایک سیاہ ناگ، عورت کے اشارے کا منتظر ہے۔ موت مرگول کی آنکھوں کے سامنے ناچنے لگی۔

"رحم۔۔۔ رحم۔۔۔ اے عورت۔ کہ کل گہری دھند تھی اور اس وقت شدید بارش۔ جب مجھے یہاں تمہاری پرستش کے لیے آنا تھا۔۔۔ میں آج دو پتھر تم کو ماردوں گا،" مرگول گڑگڑایا۔

پتھر تو دو چھوڑ چار بھی مارے جاسکتے ہیں۔ لیکن وہ لمحہ جو اس پتھر کے مقدر کے ساتھ وابستہ تھا۔۔۔ واپس نہیں آسکتا۔۔۔ بہر حال سزا تو تمہیں بھگتنا پڑے گی۔ عورت نے جواب دیا اور کالا ناگ آہستہ آہستہ مرگول کی طرف بڑھنے لگا۔

"نہیں۔۔۔!" مرگول چیخا۔۔۔ "میں زندہ رہنا چاہتا ہوں۔"

"تو پھر زندگی کے برابر عزیز چیز تمہیں دینا ہوگی،" عورت نے کہا۔

"وہ کیا ہو سکتی ہے ؟" سانپ بالکل قریب پہنچ گیا تھا۔ اور پلٹ کر عورت کی طرف دیکھنے لگا۔۔۔

"قوت مردمی یا بینائی۔۔۔!" عورت بڑی مدھم اور ملائم آواز میں بولی۔

مرگول نے ایک لمحہ کچھ سوچا اور پھر کہا۔۔۔ "بینائی۔"

عورت نے اپنے دائیں ہاتھ کی پہلی انگلی آسمان کی طرف اٹھادی۔۔۔

کالا رنگ اچھلا اور دوسرے ہی لمحے اس کے ہونٹ مرگول کی کنپٹی سے چپک چکے تھے۔ ایک شدید درد کا احساس ہوا اور پھر اس کے بعد جیسے اس کے خون میں انگارے بھر دیے گئے ہوں۔ اور پھر ایک دم سب طرف تاریکی پھیل گئی۔۔۔ کچھ دکھائی نہ دے رہا تھا۔۔۔ نہ عورت، نہ سانپ، نہ پہاڑ، نہ سمندر اور نہ جنگل۔۔۔ مرگول سسک سسک کر رو رہا تھا۔

شکاری مرگول آنکھوں سے اندھا تھا۔۔۔ مگر وہ جانوروں کی آہٹ اور پرندے کی آواز کی سیدھ میں گولی مارتا تھا اور اس کا نشانہ کبھی خطا نہ ہوتا تھا۔۔۔ اور وہ قوت مردمی سے مالامال بھی تھا۔

ایک شام وہ شکار سے لوٹ رہا تھا کہ مقررہ وقت پر کھوہ کے دہانے پر پہنچ کر رکا۔ حسبِ معمول اس نے زمین پر سے ایک پتھر اٹھایا اور اندازے سے کھوہ میں دے مارا۔ خلافِ معمول اندر سے کوئی آواز نہ آئی۔ نہ ہلکے ہلکے قہقہے کی اور نہ ہی کراہ کی۔ وہ بہت حیران ہوا۔ اتنے برسوں میں آج پہلی بار کھوہ میں سناٹا تھا۔ وہ بے اختیار پکار اٹھا۔

"اے عورت تو کہاں ہے ؟ میں نے اپنا معمول پورا کیا۔ لیکن تمہاری طرف سے کوئی جواب نہ ملا۔ کیا اجازت ہے کہ میں اپنا شکار لے کر اپنے گھر چلا جاؤں ؟"

لیکن پھر بھی کوئی جواب نہ ملا۔ وہ پہاڑی کی طرف سے سمندر کی طرف مڑا اور

نگر دوار کی طرف بڑھنے لگا۔۔۔اس کے شکاری بوٹوں کے نیچے ساحل کی ریت دب، دب جاتی تھی۔ وہ حیرانی اور خوف ملے جذبات میں ڈوبا ہوا، آہستہ آہستہ قدم بڑھارہا تھا۔ اندازے کے مطابق صحیح سمت میں جارہا تھا کہ اچانک کسی چیز سے ٹکرا گیا۔ بڑی مشکل سے اپنا توازن قائم رکھ سکا اور پھر ذراہٹ کر آگے بڑھنے کی کوشش کی لیکن اس بار گر ہی گیا۔ اس کے ہاتھ جس چیز پر پڑے وہ ایک سرد جسم تھا۔ جو بالکل اکڑ چکا تھا۔ اس نے ٹٹول، ٹٹول کر دیکھنا شروع کیا۔ سر سے چہرہ۔۔۔ چہرہ سے گردن۔۔۔ گردن سے سینہ۔۔۔ سینہ ابھرا ہوا سخت کسی عورت کا، پھر پیٹ اور پیٹ کے عین وسط میں ناف کی گہرائی۔۔۔ اور اس کے نیچے بال۔۔۔ اور بالوں کے جنگل میں۔۔۔ وہ ڈر سا گیا۔

لیکن اس نے اپنے ہاتھ سڈول رانوں پر پھسلاتے ہوئے نازک پاؤں کی اکڑی ہوئی انگلیاں پکڑلیں۔

"کون ہے یہ۔۔۔؟" اس نے پھسپھسا کر اپنے آپ سے پوچھا۔ "کہیں۔۔۔ کہیں!" اور پھر جیسے ہی اس کے ذہن میں وہ خیال بجلی کی طرح کوندا۔۔۔ اس کے منہ سے ایک دل دوز چیخ نکل گئی اور اسے اچانک احساس ہوا کہ وہ قوتِ مردمی سے ایکایکی محروم ہوگیا ہے۔ وہ گھگھیا کر اٹھا اور اپنا شکار وہیں چھوڑ کر نگر کی طرف بھاگا۔۔۔ آج اس کی بندوق اسے بہت وزنی لگ رہی تھی۔

نگر کی سرائے کے قریب سے گزرتے ہوئے اسے گھوڑوں کی ٹاپوں کی آواز سنائی دی۔ اس کا دل اس سے زیادہ تیزی سے دھڑک رہا تھا۔۔۔ وہ اپنے مکان میں داخل ہوا، بندوق اس نے ایک طرف پھینکی اور بغیر کپڑے اور جوتے اتارے بستر پر دھم سے گرا۔

صبح سارے نگر میں یہ خبر گرم تھی کہ کل رات ایک اجنبی سفید گھوڑے پر سوار نگر کی سرائے میں اترا۔۔۔ اس نے گھوڑا کھونٹے سے باندھا اور اس کے سامنے ہری گھاس

بکھیر دی۔ گھوڑا اسے دیکھ کر گردن ہلاتا ہوا ہنہنایا۔۔ اور اجنبی سرائے میں داخل ہوا۔ اس نے اپنے جھولے میں سے گھر کی کشید کردہ شراب کی بوتل نکالی، سرائے کے طعام خانے سے بھنا ہوا گوشت لیا اپنے کمرے میں پلنگ پر لیٹ کر گرم گرم بھنے ہوئے گوشت کے ساتھ شراب پی اور تکان سے چور او نگھنے لگا۔ پھر سو گیا۔۔ ایسا سویا کہ آج صبح نہ اٹھا اس کی لاش پر مکھیاں بھنبھنا رہی ہیں اور باہر کھونٹے سے بندھا گھوڑا اپنے کھر سے زمین کریدتا ہوا ہنہنا رہا ہے۔

جب یہ خبر شکاری مرگول نے سنی تو وہ کانپ اٹھا۔۔ اسی وقت شہر کی حسین ترین اور متمول ترین عورت کی ملازمہ اس کے لیے آج رات اس کے ساتھ گزارنے کا پیغام لے کر آئی۔ اس نے اسے دتکار دیا اور اپنی بندوق لیے ساحل کی طرف لپکا۔

ساحل پر کہیں بھی عورت کا وہ جسم اسے نہ ملا۔ کل کا پھینکا ہوا شکار بھی اسے نہ ملا تو وہ اندازے سے پہاڑی کھوہ کی طرف بڑھا۔۔ وہاں جا کر اس نے بے تحاشہ پکارنا شروع کیا۔۔ "اے عورت۔۔ اے عورت!" لیکن کھوہ میں سے کوئی آواز نہ آئی پھر اس نے پاگلوں کی طرح پتھر اٹھا اٹھا کر کھوہ میں مارنے شروع کیے۔ مگر پھر بھی اسے کوئی جواب نہ ملا۔۔ اور وہ جنگل کی طرف جانے کی بجائے نگر کی طرف آہستہ آہستہ بڑھنے لگا۔

اس شام تک سارے شہر میں یہ افواہ پھیل گئی کہ ساتھ والے ملک میں ایک عجیب و غریب بیماری پھیل گئی ہے کہ جو رات کو سوتا ہے وہ زندہ نہیں اٹھتا۔۔ اور لوگ وہاں سے بھاگ، بھاگ کر ادھر اُدھر جا رہے ہیں۔۔ اتنے میں ایک اور خبر ملی کہ نگر کی سرائے کے باہر بندھا ہوا سفید گھوڑا بھی آخری بار ہنہنایا پھر کھڑے ہی کھڑے اس کی آنکھ جھپکی اور دھڑام سے ایسا زمین پر گرا کہ اٹھ نہ سکا۔

سارے شہر میں بتیاں جل اٹھی تھیں۔ اور لوگ اپنے اپنے گھروں کو چھوڑ کر گلیوں

اور بازاروں میں نکل آئے تھے۔۔۔ کوئی سونے کے لیے تیار نہ تھا۔ سب اس خدائی قہر پر تبادلہ خیالات کر رہے تھے، عورتیں دروازوں کی اوٹ میں کھڑی تھیں اور بچے منہ اٹھا اٹھا کر بڑوں کی باتیں سن رہے تھے۔

کسی طرح بھی وہ رات کٹ گئی۔ سویرے سمندر کے پانی پر کچھ لاشیں تیرتی دکھائی دیں۔ وہ ساتھ والے ملک کے لوگوں کی تھیں۔ سب حیران تھے کہ آخر انھیں نیند اتنی کیوں پیاری ہے کہ جانِ عزیز کھو دیتے ہیں۔

اندھا شکاری مرگول شہر کی گلیوں میں دیواروں کو ٹٹولتا ہوا اس طرح سر جھکائے دھیرے دھیرے چل رہا تھا جیسے اس نے اپنے اندر کوئی بڑا ہی بھیانک راز چھپا رکھا ہے۔۔۔ وہ اندھا قوتِ مردمی اور بینائی سے محروم آدمی۔۔۔ آخر کس کام کا تھا۔۔۔؟ مگر وہ سونا نہیں چاہتا تھا۔ وہ مرنا نہیں چاہتا تھا۔۔۔ اس نے اپنی بندوق بے دلی سے کندھے پر رکھی تھی۔

رات بھر سارا شہر بیدار رہا۔۔۔ وہ پہلی رات تھی ایسا لگا کوئی میلہ سا لگا ہے۔ کئی جگہوں پر الاؤ جلا دیے گئے ان کے گرد لوگ کھڑے، بیٹھے باتیں کرتے رات کے گزر جانے کے منتظر رہے۔ بچے اگر اونگھنے لگتے تو انھیں جھنجھوڑ دیا جاتا، "اے بچے سونا نہیں۔ سونا نہیں میرے بچے۔" کبھی ماں اور کبھی باپ کی آواز سنائی دیتی، نوجوان تو بس بیدار رہ کر خواب دیکھنے میں مشغول تھے۔

اسی طرح کئی دن بیت گئے۔ اب نیند نے لوگوں کو بری طرح سے پریشان کرنا شروع کر دیا تھا۔ اتنا بھی ہوش لوگوں کو نہ رہا تھا کہ رات کو بتیاں جلائی ہیں تو دن میں بجھا دیں۔ سارا کاروبار ٹھپ ہو گیا تھا۔ باہر والے شہر میں آتے ہوئے ڈرتے تھے۔ اور شہر والے وہی ایک دوسرے کے چہرے دیکھتے دیکھتے ایک دوسرے سے اوب گئے تھے۔

انھیں کسی سے کوئی دلچسپی نہ رہ گئی تھی۔ سوائے بیدار رہنے کے اور اپنی جان بچانے کے۔

پھر ایکا ایکی بچوں نے گردنیں لڑھکانی شروع کیں۔ اب انھیں تھپڑ مار مار کر بیدار رکھنے کی کوشش کی جارہی تھی۔ عورتوں نے اپنے بال رسیوں سے باندھ کر مکان کے چھتوں کی کڑیوں سے باندھ دیے تھے کہ جب نیند کا جھٹکا لگے درد سے وہ بیدار ہو جائیں۔ مرد اپنی انگلیوں کو دانتوں تلے دباتے رہتے اور اس طرح وہ اس موت سے اپنے آپ کو محفوظ کیے ہوتے تھے۔ جو چپ چاپ سوتے میں آکر انسان کو دبوچ لیتی ہے۔۔۔ مگر اب بیداری بھی ایک مصیبت بننے لگی تھی۔

لگاتار بیداری بھی موت کا باعث بننے لگی۔ میدانوں میں بھاگتے ہوئے آدمیوں کی آنکھیں مسلسل بیداری کی وجہ سے سرخ ہونے لگیں۔۔۔ عورتیں اپنے بالوں کے جھٹکوں کا درد اب محسوس نہ کرپاتیں اور بچوں پر تھپڑوں کی بارش بے اثر ہوگئی۔ لوگ کھڑے کھڑے گرتے اور پھر مر جاتے۔

مسئلہ اب نیند کی اَن دیکھی موت کا نہ تھا۔ بڑا مسئلہ تھا بیداری کی موت۔ شہر کے سیانے جن میں ابھی دم تھا اکٹھے ہوئے اور انھوں نے ان کے بارے میں سوچ بچار کرنا شروع کیا جو عالمِ بیداری میں مرنے لگے تھے۔ کہ ان کی قوتِ برداشت اب ساتھ نہ دے رہی تھی۔ اور وہ اپنی پوری آنکھیں کھولے جو کہ مسلسل بیداری کی وجہ سے سرخ ہوچکی ہوتیں، کھڑے کھڑے مرجاتے۔۔۔ یہ بات تو سب سمجھ ہی چکے تھے۔ کہ موت کا کوئی علاج نہیں۔۔۔ وہ نیند میں بھی آسکتی ہے اور بیداری کی حالت میں بھی، لہٰذا سیانوں نے یہ قرار دیا کہ جو عالمِ بیداری میں مرجائے اسے شہید کا درجہ دیا جائے اور جو نیند کے غلبہ سے سر جھکادے اسے کایر کی موت سمجھا جائے اور اب کون تھا جو کایر کی موت مرنا پسند کرتا۔

اندھے شکاری مرگول نے اپنی آخری کوشش کی اور کھوہ کے دہانے پر جاکر ایک پتھر زمین سے اٹھایا اور اندر دے مارا۔۔۔ مگر۔۔۔ مگر اندر سے کوئی ردِّعمل محسوس نہ ہوا۔ وہ مارے نیند کے بے حال ہوا جارہا تھا۔ کئی روز سے اس نے شکار کی شکل تک نہ دیکھی تھی۔ اس کی بندوق کی نال زمین سے گھسٹ رہی تھی۔ اور وہ جنگل کی طرف روانہ ہوا۔ ایک ایک قدم بڑی مشکل سے اٹھاتا ہوا، اسکا سر لٹک کر سینے پر آگرا تھا کہ اسے ایکاایکی محسوس ہوا کہ اب اور نہیں۔ وہ خوفزدہ ہو اٹھا۔

"نہیں۔۔۔یں۔۔۔یں!" وہ چیخا۔ "میں نے زندہ رہنے کے لیے اپنی بینائی تک قربان کردی۔۔۔ اور نامردی کی زندگی قبول کی۔۔۔ میں۔۔۔ میں مرنا نہیں چاہتا۔"

اس نے اپنی بندوق اوپر اٹھائی جس میں اسے خاصی دقت محسوس ہوئی تھی اور پھر ایک خیال اس کے ذہن میں ایک کوندہ کی طرح لپک گیا۔ اس نے بندوق کی نال اپنے ٹخنے پر رکھی اور لبلبی دبادی۔ "دھائیں" کی دل دہلادینے والی آواز فضا میں گونجی۔۔۔ درختوں پر سے کچھ پرندے چیختے ہوئے اڑے اور جنگل میں چھپا ہوا وہ خرگوش جو مرنے کے بعد مرگول کے کندھے پر سے اچھل کر جنگل کی طرف بھاگ گیا تھا۔ اپنے کان کھڑے کرکے ایک جھاڑی سے دوسری جھاڑی کی طرف بھاگا۔۔۔

مرگول مارے شدید درد کے چیخ اٹھا۔ اس نے ٹٹول کر اپنے ٹخنے کو محسوس کیا اس کی انگلیاں کسی سیال سے لتھڑ گئیں۔۔۔ وہ خون تھا۔۔۔ مگر اب نیند نام کی کوئی چیز اس کے وجود میں موجود نہ تھی۔۔۔ اسے یہ معلوم ہوا کہ بیدار رہنے کے لیے ایک زخم کی سخت ضرورت ہے۔۔۔ وہ یہ اطلاع دینے کے لیے شہر کی طرف لپکا۔

اندھا شکاری مرگول لنگڑاتا ہوا شہر کے نگر دوار میں داخل ہوا۔۔۔ اس سارے چکر میں اسے کافی دن لگ گئے تھے۔ شہر میں لوگ دھڑادھڑ شہید ہو رہے تھے۔ اسے یہ

بھی معلوم نہ ہوا کہ یہ دن ہے یا رات۔ سب طرف سناٹا تھا۔۔۔ اس کے ٹخنے میں شدید درد تھا۔ اور وہ کچھ دیکھ نہیں سکتا تھا۔ جابجا اس کے پاؤں شہیدوں کی لاشوں سے ٹکرا جاتے۔ وہ گرتا پڑتا، شہر کے وسط میں پہنچا۔ ٹٹول ٹٹول کر چبوترے پر چڑھا اور اپنی پوری طاقت جمع کر کے اپنی بندوق کندھے پر رکھ کر بالکل فوجیوں کی طرح کھڑا ہو گیا۔ اس نے لوگوں کو پکارنا شروع کیا۔

"اے شہر کے رہنے والو۔۔۔ میں نے زندگی کا راز پا لیا ہے۔ اور میں آپ کو بتانا چاہتا ہوں کہ ایک بار میں جنگل سے شکار کر کے لوٹ رہا تھا کہ میں نے ایک سیاہ فام عورت کو بالکل برہنہ سمندر میں سے نکل کر پہاڑی کی طرف جاتے دیکھا۔۔۔ اور پھر جو کچھ ہوا اسے بتانے کی ضرورت نہیں۔ مگر اصل بات یہ ہے کہ اگر آپ سب زندہ رہنا چاہتے ہیں تو آپ کو بیدار رہنا ہو گا۔۔۔ اور بیدار رہنے کے لیے ایک زخم کی ضرورت ہے۔۔۔ اور زخم۔۔۔"

وہ اچانک خاموش ہو گیا۔ اسے محسوس ہوا کہ اس کی بات کوئی نہیں سن رہا ہے۔ کہیں کوئی حرکت نہیں۔ کہیں کوئی آواز نہیں۔ کہیں کوئی سننے والا نہیں۔ تب اس نے ایک بار پھر بلند آواز میں کہا۔

"کیا آپ میری آواز سن رہے ہیں!"

مگر اسے کوئی جواب نہ ملا۔ وہ اپنی اندھی آنکھوں سے فضا میں گھورتا رہا۔ حتیٰ کہ اس کی آنکھیں پانی سے بھر گئیں اور آنکھوں کا پانی اس کے رخساروں تک بہنے لگا۔۔۔

شکاری مرگول اندھا تھا۔ وہ یہ دیکھ تو نہ سکا کہ اب شہر میں اس کی آواز سننے والا کوئی نہیں بچا۔۔۔ لیکن اس نے یہ بات محسوس کر لی تھی۔ شہر بالکل ویران پڑا تھا۔ مکانوں کی چھتوں پر دھوپ پھیلی ہوئی تھی۔ اور فضا میں گدھ اور چیلیں اپنے پر پھیلائے خاموشی

سے اڑ رہی تھیں۔

وہ دھیرے دھیرے چبوترے سے اترا۔ اور لنگڑاتا ہوا شہر کے دروازے سے باہر نکل گیا۔ اس کی ناک نے پہلی بار سڑی ہوئی لاشوں کا تعفن محسوس کیا اور وہ ڈر کر تیزی سے قدم بڑھانے لگا۔ سمندر کے ساحل کی نرم ریت اس کے پاؤں کے نیچے دب دب جاتی تھی کہ اچانک وہ کسی چیز سے ٹکرا گیا۔ وہ ایک خرگوش کا مردہ جسم تھا۔۔۔ اس نے اسے اپنے ہاتھوں میں اٹھالیا۔ نرم نرم بالوں سے بھرا ہوا سرد جسم وہ اسے اپنی گود میں لے کر وہیں بیٹھ گیا۔۔۔ اور سمندر کی طرف منہ کر کے وسعت کو محسوس کرنے کی کوشش کرنے لگا۔۔۔ اسکی بندوق اس کے قریب پڑی تھی۔ اسے اپنا وجود بے کار محسوس ہونے لگا۔ اپنی بندوق سمیت اور ٹخنے کے زخم سمیت وہ انتظار کرنے لگا سمندر کی اس لہر کا جو تیزی سے اچھل کر آئے گی اور اسے اپنی بانہوں میں بھر کر سمندر کی گہرائی میں لے جائے گی۔ اچانک اسے پہاڑی کی کھوہ میں سے کسی عورت کی چیخ سنائی دی۔ وہ ادھر پلٹا لیکن اب اس میں بالکل سکت باقی نہ تھی کہ وہ کھوہ کے دہانے پر جا کر پتھر اٹھاتا اور اندر دے مارتا۔

***

مردہ آدمی کی تصویر

وہ مجھے جس کمرے میں بٹھا کر چلی گئی تھی، اس کی کارنس پر ایک تصویر رکھی تھی۔ کارنس پر صرف تصویر ہی نہ تھی ایک پرانا طلائی ٹائم پیس تھا جو پرندوں کے پنجرے کی شکل کا تھا۔ اندر ڈائیل تھا جس پر رومن میں ایک سے بارہ تک کے ہندسے لکھے تھے اور سنہری رنگ کی دو سوئیاں تھیں جو بڑی سست رفتاری سے حرکت کرتی ہوئی دکھائی دیتی تھیں۔ اس پنجرے نما ٹائم پیس کے گرد ایک چھوٹی سنہری چڑیا آہستہ آہستہ دائرے میں چلتی ہوئی دکھائی دیتی۔ جس کے آگے سفید موتی تھے۔ جب وہ آگے بڑھ کر ایک موتی پر اپنی چونچ مارتی تو موتی غائب ہو جاتا اور کڑک کی آواز آتی۔ حتیٰ کہ ساٹھ بار "کڑک" کی آواز آتی اور چڑیا اپنے محور کے گرد اپنا چکر پورا کر کے پھر اپنی اصلی جگہ پر پہنچ جاتی۔ ڈائیل پر بڑی سوئی ایک منٹ اور آگے بڑھ جاتی اور چڑیا اپنا سفر پھر سے شروع کر دیتی۔ "کڑک، کڑک، کڑک۔"

کارنس کے دوسرے کونے پر ایک چاندی کا گلدان رکھا تھا۔ جس میں مور کے کچھ پنکھ سجے ہوئے تھے جب ہوا کا کوئی بھولا بھٹکا جھونکا کمرے میں آداخل ہوتا تو مور کے پنکھ یوں ہلنے لگتے جیسے جنگل میں مور ناچ اٹھا ہو۔

ان کے علاوہ کچھ کرسمس اور کچھ نئے سال کے گریٹنگ کارڈ رکھے تھے جن پر بھیجنے والوں کی نیک خواہشات چھپی ہوئی تھیں۔

تصویر والا آدمی مجھے برابر گھورے جارہا تھا۔ وہ اندر گئی تھی۔ شاید میرے لیے (اگر گرمی کا موسم ہے تو کچھ ٹھنڈا اور اگر سردی کا موسم ہے تو کوئی گرم) مشروب لینے کے لیے۔ میں وہاں چپ چاپ بیٹھ گیا۔ اور کمرے کی ایک ایک چیز کو دیکھنے لگا۔ سب طرف سے تھک کر نظر پھر اس تصویر آکر رک جاتی اور تصویر والا آدمی پہلے سے زیادہ شدت سے مجھے گھورنے لگتا۔

ایکا ایکی مجھے احساس ہوا کہ تصویر والا یہ آدمی جس کی آنکھیں بڑی بڑی اور چمک دار تھیں، کشادہ پیشانی ذہانت کی غمازی کرتی تھی۔ موٹے موٹے ہونٹ اور ٹھوڑی کا گہرا گڑھا اس کی مضبوط قوتِ ارادی کا ضامن تھا، زندہ نہیں بلکہ مر چکا ہے۔

"ہاں، تم نے یہ ٹھیک سوچا ہے یہ واقعی مر چکا ہے!"

میں نے پلٹ کر آواز کی طرف دیکھا۔ وہ اندر سے ایک ٹرے میں چینی مٹی کے کچھ برتن رکھے کمرے میں داخل ہو رہی تھی۔ اس کے چہرے پر کوئی تاثر نہ تھا۔ اور میرے قریب آکر بولی۔

"یہ میرے خاوند کی تصویر ہے، عرصہ ہوا اس کی موت ہو چکی ہے۔"

میں نے کہا، "عجیب بات ہے، تصویر دیکھنے سے میں کیونکر اندازہ لگا لیتا ہوں کہ آدمی مردہ ہے یا زندہ! یہ پہلا موقع نہیں ہے۔ زندگی میں اس سے پہلے بھی اس قسم کے دو ایک واقعات میرے ساتھ پیش آچکے ہیں۔"

وہ ہنسی اور اپنے ہاتھ میں پکڑی ہوئی ٹرے اس نے میرے سامنے پڑی میز پر رکھ دی۔ پھر پلٹ کر اندر جاتے ہوئے کہنے لگی، "خیال رکھنا یہاں سے رہائی مشکل ہے۔ یہ ساتواں آسمان ہے اور خلاء میں لڑھک گئے تو کہیں کے نہ رہو گے!"

میں دم بخود سا اسے اندر جاتے دیکھتا رہا۔ اس نے دروازے کا پردہ اپنے دائیں ہاتھ

سے اٹھایا اور پھر اس کے اندر داخل ہو گئی۔

کچھ دیر تو میں ادھر ادھر تاک جھانک کرتا رہا۔ پھر میں اپنے آگے رکھے کھانے کے برتنوں کی طرف متوجہ ہوا۔ ایک تو مجھے یہ خواہش تھی کہ خورد و نوش کے سامان سے یہ پتہ چل جائے گا کہ موسم کون سا چل رہا ہے۔

مگر میری حیرت کی انتہا نہ رہی۔ جب میں نے دیکھا کہ میرے آگے رکھے ہوئے تمام برتن بالکل خالی ہیں۔ میں جھنجھلا کر رہ گیا۔ کتنی بد قسمتی ہے کہ میں صورتِ حال سے واقف بھی نہیں کروایا جا رہا ہوں۔ اور یہ کہہ کر یہاں بٹھا دیا گیا ہوں کہ "یہ ساتواں آسمان ہے اور باہر بالکل خلا ہے!"

میں نے چاہا کہ اس کا نام لے کر پکاروں مگر مجھے تو اس کا نام بھی معلوم نہیں تھا۔ آواز میرے حلق تک آ کر رک گئی۔ میں بے بسی کے عالم میں اپنی سیٹ پر سے اٹھ کھڑا ہوا۔ اچانک میری نظر پھر کارنس پر رکھی تصویر پر پڑی۔ تصویر والا مرا ہوا آدمی اب ہلکا سا مسکرا رہا تھا۔

میری جھلاہٹ اور بڑھی اور میں غیر ارادی طور پر پکار اٹھا، "اے بے نام عورت!"

جواب میں اندر سے اس کے قہقہوں کی آواز سنائی دی۔ اور پھر لوری گانے کی آواز جیسے وہ کسی بچے کو سلانے کی کوشش کر رہی ہو۔

کمرے کی دونوں دیواریں جس کونے میں ملتی تھیں اس جوڑ میں شہد کی مکھیوں کا ایک چھوٹا سا چھتہ تھا۔ دو تین شہد کی مکھیاں اس پر بھنبھنا رہی تھیں۔ اس قدر خاموشی تھی کہ ان کی بھنبھناہٹ بڑی واضح طور پر سنائی دے رہی تھی۔ کچھ دیر تک میں ان کا بھنبھنانا سنتا رہا اور ان کی پرواز کا تماشا دیکھتا رہا۔

اندر سے آنے والی لوری کی آواز آہستہ آہستہ مکھیوں کی بھنبھناہٹ میں دب گئی۔

خالی برتن میری طرف بٹر بٹر دیکھتے ہوئے محسوس ہونے لگے۔ میں نے سوچا اندر جاکر خود ہی بات کر لیتا ہوں۔ ان تکلفات میں تو زندگی اجیرن ہو جائے گی۔

میں نے آگے بڑھ کر پردہ ایک طرف سرکایا تو دیکھا کہ وہ ایک سونے کا کمرہ تھا۔ سامنے والی دیوار کے ساتھ ایک بڑا سا پلنگ لگا ہوا تھا اور باقی دیواروں کے ساتھ بچوں کے چھوٹے چھوٹے پالنے رکھے تھے۔ ہر پالنے میں بچے سو رہے تھے جن کے صرف چہرے ہی دکھائی دیتے تھے۔ باقی جسم ڈھانپ رکھے تھے۔

میں آہستہ آہستہ چلتا ہوا ان پالنوں کے پاس گیا۔ وہ تعداد میں پانچ تھے، اور پانچوں میں ایک ہی شکل اور عمر کے بچے سوار تھے۔ بچے بڑے پیارے اور خوبصورت تھے۔ میرے دل میں ان کے لیے اچانک پیار نے انگڑائی لی اور میں نے اپنا سر جھکا کر ایک بچے کی پیشانی پر بوسہ دیا۔ مگر میں جھٹ پیچھے ہٹ گیا کیونکہ وہ اصلی بچہ نہ تھا بلکہ مٹی کا بنا ہوا بچے کا مجسمہ تھا۔ پھر میں نے دوسرے پالنوں کی طرف دھیان دیا، وہاں بھی مٹی کے مجسمے تھے۔

"سوتے ہوئے بچے کو پیار نہیں کرتے،" ایک طرف سے اس عورت کی آواز آئی۔ میں نے پلٹ کر دیکھا۔ وہ سامنے ایک دروازے میں کھڑی تھی۔ دایاں ہاتھ دروازے کی چوکھٹ سے ٹکا رکھا تھا۔ ساڑی کس کر لپیٹی ہوئی تھی۔ اور اسکا پلو نیفے میں اڑس رکھا تھا۔ اس کے دونوں ہاتھ راکھ سے سنے ہوئے تھے، جیسے وہ برتن مانجھتے مانجھتے یہاں آکر کھڑی ہو گئی ہو۔

میں نے اس کے قریب پہنچ کر اسے اطلاع دینے کے سے انداز میں کہا، "وہ برتن جو تم رکھ آئی تھیں۔ بالکل خالی ہیں!"

اس نے سنی ان سنی کرتے ہوئے اندر جاتے ہوئے جواب دیا، "ابھی انھیں بھی

صاف کر دیتی ہوں!"

میں نے ذرا بلند آواز میں پھر کہا، "سنو تو یہ بچے نہیں مٹی کے مجسمے ہیں۔"

اس نے بدستور جاتے ہوئے جواب دیا، "مجھے معلوم ہے۔ میں نے انھیں خود سلایا تھا۔"

وہ اندر چلی گئی، اور میں کافی دیر تک وہاں کھڑا خلا میں گھورتا رہا۔ پھر لوٹ کر اسی کمرے میں آ گیا جس میں پہلے تھا۔ اب وہاں برتن بھی موجود نہ تھے۔

میں دھم سے صوفے پر آ کر گرا، اور اپنے ہاتھ ملتا ہوا کافی دیر تک بیٹھا رہا۔ مجھے وقت کا بالکل اندازہ نہ ہوا تھا کہ کب تک بے مقصد بیٹھا بور ہوتا رہا۔ پھر وہ اندر والے کمرے سے نکل کر میرے پاس آئی اور کہنے لگی، "آؤ چلیں کافی مدت ہو گئی ہے۔"

میں نے سر اٹھا کر نیند میں ڈوبی ہوئی آنکھوں سے دیکھا، وہ اپنا لباس تبدیل کر کے اور خوب بناؤ سنگار کر کے آئی تھی۔ اس کے چہرے پر میرے لیے محبت اور مسکراہٹ پھیلی ہوئی تھی۔

میں اٹھ کر اس کی طرف بڑھا۔ پھر اچانک پلٹ کر دیکھا۔ تصویر والا مرا ہوا آدمی ہم دونوں کو بڑے غور سے دیکھ رہا تھا اور اس کی پیشانی پر کچھ شکنیں ابھر آئی تھیں۔ میں ذرا ٹھٹکا۔

میرے ٹھٹکنے سے اس نے بھی پلٹ کر تصویر کی طرف دیکھا اور بولی، "کیا تم میرے مرد سے ملنا چاہتے ہو؟"

"مگر یہ کیسے ہو سکتا ہے؟ وہ تو مر چکا ہے،" میں نے حیرانی سے کہا۔

"پھر کیا ہوا۔۔۔!" اس نے جواب دیا۔ اور میری کلائی اپنے ہاتھ میں تھام کر مجھے باہر لے گئی۔ مکان کا برآمدہ عبور کر کے ہم گلی میں آ گئے۔ سب گھروں میں خاموشی تھی

اور مکمل اندھیرا۔ آہستہ آہستہ گلی میں چلتے ہوئے ہم بڑی سڑک پر پہنچ گئے۔

"تم نے کہا تھا نہ کہ یہ ساتواں آسمان ہے!" میں نے سوال کیا۔

"ہاں!" اس نے مختصر سا جواب دیا۔

"مگر یہ تو شہر ہے اور یہاں مکان ہیں، اور سڑکیں ہیں اور سڑکوں کے کنارے بجلی کے کھمبے لگے ہوئے ہیں، اور ان پر قمقمے روشن ہیں جو ہمیں تاریکی میں راستہ سجھاتے ہیں!"

اس نے زوردار قہقہہ لگایا اور کہنے لگی، "بدھو کیا اتنا بھی نہیں جانتے کہ آسمان کوئی چیز نہیں ہوتی صرف خلا ہوتا ہے۔ اور ہم اسے اپنی سہولت کے مطابق نام اور نمبر دے دیتے ہیں۔"

میں بہت پشیمان ہوا کہ میں زندگی بھر سہولت کے مطابق کسی چیز کو اپنی طرف سے نام نہ دے سکا۔

وہ پھر بولی، "ہمارے کچھ سماجی مسائل ہیں۔ تمھیں ان کا علم ہے۔"

"نہیں!" میں نے جواب دیا۔ "میں ان سے واقف نہیں ہوں۔ کچھ عرصہ پہلے میں ایک لمبے سفر پر تھا۔ پھر میں پلٹ کر گھر آیا اور اپنی ذات کی چار دیواری میں قید ہو گیا۔ مجھے باہر کی کوئی بھنک نہیں پڑی۔ ایک دن نہ جانے کیسے پتہ چلا کہ ویت نام میں جنگ ہو رہی ہے۔ میں بہت پریشان ہوا۔ پھر میں نے نقشے پر دیکھا۔ ویت نام کہاں ہے؟ اور جب ویتنام مجھے نقشے پر مل گیا تو میں اس کی تلاش میں نکل پڑا۔ سمندر کے کنارے چلتا چلتا میں ایک دلدلی خطہ زمین تک پہنچ گیا۔ ایک چھوٹے سے بچے سے جو ایک پیڑ پر بیٹھا چاقو سے ٹہنی کاٹ کر غلیل بنا رہا تھا، میں نے پوچھا کیا تم جانتے ہو، ویتنام کہاں ہے؟

اس نے اپنی پھٹی ہوئی قمیض کی جیب میں ہاتھ ڈالا اور اس میں سے ایک چھوٹا سا کنکر نکال کر میری طرف اچھال دیا۔ کنکر میرے ماتھے پر لگا۔ مجھے چوٹ لگی اور خون بہنے لگا۔

میں نے اپنی پیشانی کو اپنے ہاتھ کی انگلیوں سے سہلایا تو میری انگلیاں خون سے لتھڑ گئیں۔ اس نے ایک زوردار قہقہہ لگایا اور پھر مجھ سے پکار کر پوچھا، "پتہ چل گیا ویت نام کہاں ہے؟"

پھر وہ درخت سے اترا اور دھیرے دھیرے بھاگتا ہوا نظروں سے اوجھل ہو گیا۔ میرے ماتھے سے خون بہہ رہا تھا اور پیر دلدل میں دھنسے ہوئے تھے۔"

وہ کافی دیر تک میرے چہرے پر دیکھتی رہی۔ پھر بولی، "بھوکے معلوم ہوتے ہو۔ آؤ ریستوران سے کچھ کھالیں!"

میں اس کے پیچھے پیچھے چل دیا۔ ریستوران پاس ہی تھا۔ ہم دونوں اس میں چلے گئے۔

کافی بڑا ہال تھا۔ کرسیوں اور میزوں کی دو قطاریں لگی ہوئی تھیں۔ درمیان میں آنے جانے کے لیے کشادہ راستہ تھا جس پر کارپٹ بچھا ہوا تھا۔ اس پر کئی قسم کے جانور آہستہ آہستہ چلتے ہوئے کچن کی طرف جا رہے تھے۔ وہ کہنے لگی۔

"ان میں سے اپنی پسند کا جانور چن لو اور اس پر نشان لگا کر اپنی ٹیبل نمبر لکھ دو، وہ اندر جا کر ذبح ہو کر اور پک کر آجائے گا۔"

"مجھے تو سبھی جانور پسند ہیں۔ نشان دہی والا کام تم کرو۔ مجھے بس بھوک لگی ہے!" میں نے جواب دیا۔

پھر معلوم نہیں اس نے کیسے کیا کیا کہ بھنے ہوئے گوشت کی کئی رکابیاں ہمارے سامنے سج گئیں۔ اور ہم دونوں اُن پر ٹوٹ پڑے۔

"ہاں تو میں تمہیں بتا رہی تھی تا کہ ہمارے کئی سماجی مسائل ہیں۔" اس نے نیپکن سے اپنے ہاتھ اور منہ پونچھتے ہوئے کہا۔

"ہاں! تم نے بتایا تھا،" میں نے ایک بڑی سی ہڈی خالی پلیٹ میں رکھتے ہوئے جواب دیا۔

"کیا تمھیں کبھی کسی سماجی مسئلے سے دوچار ہونا پڑا ہے؟" اس نے سوال کیا۔

"شاید! مگر اب مجھے اچھی طرح یاد نہیں،" میں نے جواب دیا۔

"تو ابھی تم ایک مسئلے سے نپٹنے کے لیے تیار ہو جاؤ،" اس نے مسکراتے ہوئے شرارت سے کہا۔

"وہ کیا؟" میں نے پوچھا۔

جواب میں اس نے میز پر چمچ بجا کر بیرے کو بلایا اور کہا، "بل لاؤ!"

تھوڑی دیر بعد مؤدب طریقے سے بیرا میرے پاس کھڑا ہو گیا۔ ایک چھوٹی سی طشتری میں اس نے کاغذ کا ایک پرزہ بھی تھام رکھا تھا اور اس کا جھکاؤ میری طرف تھا۔

میں گڑبڑا سا گیا۔ میں نے گردن آگے بڑھا کر اس کے کان میں آہستہ سے کہا، "تم جانتی ہو، جانور سر جھکائے اداس اپنے آپ اندر جا رہے تھے۔ تم نے انھیں منتخب کیا اور وہ ذبح ہو کر اور پک کر ہماری میز پر آ گئے۔ اس میں میرا کیا قصور ہے؟ اور تمھیں یہ بھی معلوم ہے کہ جب میں تمھارے ساتھ چلا تھا تو میرے رشتہ داروں نے میری تمام جیبیں خالی کروالی تھیں!"

وہ آہستہ سے ہنسی اور پھر اس نے اپنی وینٹی بیگ کھول کر اس میں سے کئی نوٹ نکالے اور بیرے کی طشتری میں ڈال دیے۔

باہر نکلے تو رات کافی گہری ہو چکی تھی۔ سڑکوں پر قمقمے اپنی پوری آب و تاب سے روشن تھے۔ ہم دونوں آہستہ آہستہ چلے جا رہے تھے۔ ہمارے ارد گرد جو لوگ آ جا رہے تھے ان کے چہرے واضح طور پر دکھائی نہیں دے رہے تھے۔

کچھ دور جا کر اس نے کہا، "ہاں تو میں نے کہا تھا نا کہ ہمارے کچھ سماجی مسائل ہیں!"

"ہاں۔ تم نے کہا تھا!" میں نے جواب دیا۔

"تو یہ چابی لو اور گھر جاؤ، میں صبح آ جاؤں گی۔۔۔ اور ہاں ذرا بچوں کا خیال رکھنا۔ ایسا نہ ہو کہ بیچارے بھوک سے بلک بلک کر ہلکان ہو جائیں۔ اس نے چابیوں کا گچھا میرے ہاتھ میں تھماتے ہوئے کہا۔

"مگر تم کہاں جا رہی ہو؟" میں نے چابی ہاتھ میں لے کر اور تمام ہدائتیں سمجھتے ہوئے پوچھا۔

"او، ہو تم سمجھتے کیوں نہیں۔ یہ سماجی مسائل ہیں۔ اور ہم انھیں نظر انداز نہیں کر سکتے،" اس نے کہا اور تیزی سے ایک طرف چل دی۔

میں کچھ دیر تو وہیں سڑک کے بیچ میں کھڑا رہا، پھر سر جھکائے کچھ مغموم سا گھر کی طرف چل دیا۔

گھر پہنچ کر بھی یہ سوچنے لگا کہ یہاں اکیلا کیسے پہنچ گیا؟

دروازہ کھول کر اندر داخل ہوا اور اسی کمرے میں جا کر بیٹھ گیا۔ تصویر والے مرے ہوئے آدمی نے مجھے مسکرا کر دیکھا۔ چاندی کے گلدان میں مور کے پنکھ ناچے اور سونے کی ننھی چڑیا نے ۴۵ ویں موتی پر جھپٹا مارا۔

میں گم سم ان سب کو دیکھتا رہا۔ کچھ دیر بعد اندر والے کمرے سے بچوں کے رونے کی آواز آئی۔ میں اٹھ کر اندر گیا۔ پانچوں بچے ننھی ننھی بانہیں ہلاتے ہوئے رو رہے تھے اور دودھ کے لیے ان کی زبانیں ہونٹوں تک آ کر پھر اندر منہ میں چلی جاتی تھیں۔

میں بہت پریشان ہوا۔ انھیں چپ کرانے کے لیے میں نے وہی لوری گائی جو وہ بے نام عورت گایا کرتی تھی مگر وہ پھر بھی چپ نہ ہوئے۔ آخر ہار کر میں نے اپنی قمیص کا پلو

پتلون میں سے باہر نکالا اور اوپر اٹھا کر چھاتی ننگی کر کے ان کے پالنوں کے پاس بیٹھ گیا۔ وہ باری باری اٹھ اٹھ کر میری چھاتیوں سے دودھ پیتے رہے اور پھر سو گئے۔

صبح سویرے، منہ اندھیرے وہ واپس آگئی۔ میں پالنوں کے پاس ہی فرش پر سویا ہوا تھا۔ اس نے مجھے اٹھایا اور پھر پاس ہی بچھے پلنگ پر بیٹھ گئی۔ میں نے دیکھا اس کے بال بے ترتیب ہو رہے تھے اور چہرے کے سنگار کا رنگ فق تھا۔

اس نے اپنے وینٹی بیگ میں سے وہ تمام نوٹ نکال کر گننے شروع کیے جو اس نے رات ریستوان میں بل چکانے کے لیے دیے تھے۔

وہ کافی تھکی ہوئی لگ رہی تھی۔ اس نے مجھ سے سگریٹ طلب کیا۔ میں نے سگریٹ نکال کر دیا۔ اور پھر ماچس جلا کر اسکا سگریٹ سلگواتے ہوئے پوچھا۔

"سماجی مسائل کیا حل ہو گئے؟"

"نہیں ابھی نہیں!" اس نے جواب دیا۔ آؤ دوسرے کمرے میں چل کر اطمینان سے بیٹھ کر بات کرتے ہیں۔"

میں اٹھ کر اس کے پیچھے چل دیا اور ہم دوسرے کمرے میں پہنچ گئے۔

"تم ذرا غور سے اب اس تصویر کو دیکھو اور بتاؤ کہ کیا واسعی میرا مرد مر چکا ہے،" اس نے اپنے خاوند کی تصویر کی طرف اشارہ کرتے ہوئے کہا۔

میں نے اس مرے ہوئے آدمی کی تصویر کی طرف غور سے دیکھا تو میری حیرانی کی انتہا نہ رہی کہ کارنس پر جو تصویر رکھی تھی۔ وہ میری ہی تھی۔ میں دم بخود کبھی اسے اور کبھی اس تصویر کو دیکھ رہا تھا۔ میری سمجھ میں نہیں آرہا تھا۔

"کڑک۔۔۔ کڑک۔۔۔ کڑک،" چڑیا بدستور موتی چگ رہی تھی۔

بتاؤ نا! یہ آدمی مرا ہوا ہے یا زندہ؟ اس نے مجھ سے پھر سوال کیا اور سگریٹ کا

دھواں میرے چہرے پر بکھیر دیا۔

میں عجیب جھنجھلاہٹ میں تھا۔ کوئی جواب بن نہیں پڑ رہا تھا۔ آخر نہ جانے کیسے میرے منہ سے آپ ہی آپ نکل گیا۔

"یہ آدمی مر چکا ہے!"

اس نے میرا جواب سنا اور کھکھلا کر ہنسی ہوئی دوسرے کمرے میں بھاگ گئی جہاں اب بچوں نے جاگ کر رونا شروع کر دیا تھا۔

***

جنت

اس واقعہ کے بعد میرے وِژن میں ایک عجیب سی تبدیلی آگئی ہے۔ میں جب کسی چیز کو دیکھتا ہوں تو وہ ویسی نظر نہیں آتی جیسی کہ بظاہر دکھائی دیتی ہے۔۔۔ اس چیز میں چھپا ہوا کچھ اور ہوتا ہے۔۔۔ اور وہ جو کچھ اور ہوتا ہے اس کا کیا مطلب ہو سکتا ہے۔ میں ٹھیک طرح سے بیان نہیں کر سکتا۔

وہ واقعہ مردہ خانہ میں پیش آیا تھا۔۔۔ وہ دانا جس نے ایک لمبا سفید چغہ پہن رکھا تھا۔ چہرے پر سبز رنگ کا نقاب تھا، جس میں سے محض اس کی آنکھیں ہی دکھائی دیتی تھیں۔ اور آنکھیں بھی ایسی کہ ہر لحظہ مچلتی ہوئی۔۔۔ کبھی فرش پر دیکھ رہی ہیں تو کبھی عرش پر۔۔۔ اور اگر کسی آدمی پر ایک پل کے لیے نظر گڑ گئی ہے تو لگتا کہ جسم کے آر پار ہی تو ہو گئی ہے۔ آگے بڑھا اور اس نے لمبی میز پر پڑے ایک آدمی کے جسم کو ایک انتہائی تیز چمکتے ہوئے چاقو سے گردن کی جڑ سے لے کر بالکل نیچے تک ایک ہی وار میں کاٹ دیا۔۔۔ ایسے کہ جسم دو حصوں میں تقسیم ہو گیا اور جسم کے اندر جو کچھ تھا وہ سب صاف صاف دکھائی دینے لگا۔ تعفن بے انتہا تھا لیکن ایک ربڑ کی پائپ اس جسم کے کاٹے ہوئے حصوں پر لگاتار پانی ڈال رہی تھی۔ ہر چیز دھل کر بالکل اچھی طرح سامنے تھی۔ سانس اور کھانے کی نلی، پھیپھڑے، دل، پسلیوں کی ہڈیاں، انتڑیاں معدہ، جگر اور گردے اس کے پیشاب اور فضلے کی نلیاں۔۔۔ اور اس کے نیچے تو ٹانگیں ہی رہ گئی تھیں جن پر انسان

کھڑا ہو سکتا ہے۔

عجیب دہشت ناک منظر تھا۔۔۔ لمبی میز پر لیٹا ہوا آدمی بے حس و حرکت پڑا تھا۔ شاید وہ مر چکا تھا۔۔۔ دانا نے ایک ایک چیز جسم میں سے نکال کر دکھائی اور پھر اسی جگہ پر رکھ دی جہاں وہ پہلے پڑی تھی۔۔۔ جب اس نے اپنی نظریں اٹھا کر سب کے چہروں پر دیکھا تو سب کا رنگ فق ہو چکا تھا، سانسیں رکی ہوئی تھیں۔ اس دانا نے ٹٹولتی ہوئی نظریں سب پر ڈالیں اور پھر بغیر کچھ بولے میز کا پورا چکر لگا کر لیٹے ہوئے آدمی کے سر کی طرف آگیا۔ اس بار اس کے ہاتھ میں ایک بڑا ہی پتلا سا مگر بڑا ہی تیز چھوٹا سا چاقو تھا۔ اس نے میز پر لیٹے ہوئے آدمی کے سر کو ذرا سا اٹھایا اور پھر اس چاقو کی تیز نوک سر کے گرد گھما دی، دوسرے ہی لمحہ کھوپڑی کا اوپری حصہ ناریل کے آدھے ٹکڑے کی طرح اس کے ہاتھ میں تھا اور میز پر لیٹے ہوئے آدمی کا بھیجا دکھائی دے رہا تھا۔

اوہ تو ایسا ہوتا ہے آدمی کا دماغ؟ آخر اس میں اور کسی جانور کے دماغ میں فرق ہی کیا تھا۔ اس طرح جیسے برسات کے موسم میں زمین میں سے اپنے آپ نکل آنے والے لمبے لمبے گنڈھویوں کا ایک گچھا ہو۔۔۔ یہ سب دیکھ کر میں سکتے میں آگیا تھا، اور اس دن سے میرا وژن بالکل بدل گیا تھا۔

اب میں یا میرے گھر کا کوئی فرد بیمار ہوتا ہے اور ہم ڈاکٹر کے پاس جاتے ہیں اور وہ اچھی طرح سے دیکھ بھال کرنے کے بعد جب یہ کہتا ہے۔

"Don't worry everything will be all right"

تو میں سمجھتا ہوں۔۔۔ اس کی بات کا مطلب یہ قطعاً نہیں ہے کہ میں ٹھیک ہو جاؤں گا۔ بلکہ مطلب یہ ہوتا ہے کہ تمہارے جسم کا وہ حصہ جس میں خرابی ہے ٹھیک ہو جائے گا۔ ڈاکٹر کا وہ جملہ مجھے بار بار اپنے ذہن میں گونجتا ہوا محسوس ہوتا ہے۔ سوتے میں کوئی

کام کرتے ہوئے اور یا پھر سڑک پر چلتے پھرتے۔

ڈاکٹر کی آواز، دانا کا خاموش پر اسرار چہرہ اور اس بزرگ کا ہیولہ جس کی کہانی میں سنانے جا رہا ہوں۔ میری زندگی میں بہت زیادہ اہمیت رکھتی ہیں۔ ان تینوں چیزوں نے مجھے دوسرے لوگوں سے ذرا مختلف کر دیا ہے۔۔۔ ویسے ہی جیسے کوہِ طور پر چڑھنے کے بعد۔۔۔

پہلے سارا کا سارا جنگل تھا۔۔۔ چٹانیں، درخت، جھاڑ جھنکار، اور جھرنے۔۔۔ سورج ان سب چیزوں پر اپنی انگلیاں پھراتا ہوا گزر جاتا تھا۔ اور ہر شے سورج کی انگلیوں کو احترام سے بوسے دے کر سر جھکا لیتی تھی اور پھر سب طرف اندھیرا چھا جاتا تھا۔

وہ دانا۔ جس کا چہرہ سبز نقاب میں چھپا تھا۔۔۔ اس کی آنکھیں ہی صرف اس کی پہچان تھیں۔ ایک روز، اس جنگل میں ایک بزرگ وارد ہوا جس کی آنکھیں بالکل اس دانا جیسی تھیں۔ چہرے پر لمبی سفید داڑھی سر پر سفید پگڑی، پیشانی پر بے مثال نور اور سر کے پیچھے روشن ہالہ اور جسم پر دھنک کے رنگوں کا لمبا چغہ۔ اس بزرگ نے اپنی چمکیلی خوبصورت آنکھیں سارے جنگل کی ایک ایک چیز پر ٹکائیں اور پھر بے اختیار بول اٹھا۔

"سب بہت خوبصورت ہے لیکن بکھرا ہوا۔"

حسن سب طرف بکھرا ہوا تھا۔ ہر چیز اپنے آپ میں حسن کا استعارہ تھی اور اس کی خوبصورت، لمبی طلسمی انگلیوں میں حرکت پیدا ہوئی اور ہر چیز جو کائنات میں بکھری ہوئی تھی اور حسین تھی اس نے اکٹھا کرنا شروع کی۔۔۔ ایک ایک چیز اور انھیں ایک ترتیب دینے لگا۔۔۔ جیسے آدمی کے جسم میں ترتیب سے رکھی ہوئی چیزیں۔ اس طرح کئی صدیاں گزر گئیں۔ کائنات میں زمین سے آسمان تک دس انگلیاں، دو پیر اور خوبصورت نورانی آنکھیں حرکت کرتی رہیں اور پھر سب مکمل ہو گیا اور وہ بزرگ تھک کر نڈھال ہوا

اور ایک بہت بڑی فصیل کے بڑے سے دروازے کی بہت بڑی دہلیز پر بیٹھ گیا۔۔۔ کافی دیر تک وہ بیٹھا سستاتا رہا۔ اس کی نورانی آنکھوں کو لمبی پلکوں نے ڈھانپ دیا اس کی خوبصورت ملکوتی انگلیوں میں اب بالکل حرکت نہ تھی اور اس کے گارے سے اٹے ہوئے پاؤں پر کی پرانی کھال آہستہ آہستہ اترنے لگی اور اس کے نیچے سے نئی کھال نکل آئی۔۔۔ کئی صدیاں اور بیت گئیں۔

اور پھر ایک دن اچانک اس کی پلکوں میں جنبش ہوئی اور اس نے انکھیں کھول دیں۔ سب طرف ایک نظر ڈالی اس کے چہرے پر کسی قسم کی تکان کے کوئی اثرات نہ تھے۔ وہ اٹھا اور اس نے بڑے گیٹ میں بنی ہوئی چھوٹی سی کھڑکی کے دروازے پر ہاتھ جما دیا۔ بڑا گیٹ سونے کا بنا ہوا تھا۔ اور اس میں جابجا قیمتی پتھر، ہیرے اور جواہرات جڑے تھے۔ کھڑکی کھل گئی اور اندر سے ہوا کا ایک جھونکا آیا اور بزرگ کے چہرے سے ٹکرا کر جنگل کی طرف نکل گیا۔ ہوا میں خوشبو بسی ہوئی تھی جسے بزرگ نے اپنے نتھنوں کے راستے اپنے اندر تک کھینچ لیا۔ اس کی داڑھی کے بال ہوا کے جھونکے سے مرتعش ہوئے اور بزرگ کے چہرے پر ایک خوشگوار سفید سی پرت ایک لمحہ کے لیے پھیل گئی۔۔۔ اور پھر وہی پرانا نور دھیرے دھیرے ابھر آیا۔

وہ کھڑکی کے راستے اندر داخل ہوا۔۔۔ اندر جنت بنی ہوئی تھی جس کی فصیل کی دیواریں چاندی کی تھیں، فرش مخمل کا اور جنگل میں اپنے آپ کھلے ہوئے تمام پھول بڑی ترتیب سے کیاریوں میں سجے تھے۔ وہ دنیا کی حسین ترین جگہ تھی۔ جس کے پیڑوں پر رنگا رنگ پروں والے پرندے خاموش بیٹھے تھے۔۔۔ دنیا کی حسین ترین عورتوں کے مجسمے جابجا کھڑے تھے، فوارے میں سے آبِ حیات کی پہلی بوند اچھلنے کے کے لیے تڑپ رہی تھی، ندیوں کی آغوش دودھ اور شہد کی دھاروں کے لیے اپنے بازو کھولے ہوئے

تھی۔۔۔ اور کیاریوں میں ایستادہ غنچے چٹکنے کے لیے بے تاب تھے۔۔۔ وہ بزرگ آہستہ آہستہ چلتا ہوا او ریہ سب دیکھتا ہوا جنت کے بالکل وسط میں کاریگری کے بہترین نمونے اور عجیب و غریب دھات سے بنے تخت پر جا بیٹھا۔ اور پھر اس بے حرکت منظر کا ایک بے حرکت حصہ بن گیا۔۔۔ پھر کئی صدیاں بیت گئیں۔ اس سارے ماحول اور سارے حالات میں کوئی تبدیلی نہ ہوئی۔ بس اس اثنا میں ایک واقعہ پیش آیا کہ ایک تیز رفتار پرندہ جنگل میں اڑتا ہوا اس جنت کی چہار دیواری پر سے گزرنے لگا تھا کہ اچانک اس کے پنکھ جل گئے اور وہ چیختا ہوا کہیں دور پہاڑ کی ڈھلان پر سے لڑھکتا ہوا گہری کھائی میں جا گرا اور ایک دو بار تڑپا اور سرد ہو گیا پھر اس کا سارا جلا ہوا جسم ہوا میں اڑتا ہوا کائنات میں پھیل گیا۔

اس حادثے کو اس بزرگ نے دیکھا تھا اور پھر قدرے مسرور ہوا تھا۔ اور وہ مسرت وقتی تھی جو آہستہ آہستہ اس کے چہرے سے ڈھل گئی اور ایک انجانی سی اداسی اس کے چہرے پر لمحہ لمحہ پھیلنے لگی۔

وہ اپنے تخت پر سے اٹھا۔ اور آہستہ آہستہ چلتا ہوا بڑے پھاٹک تک پہنچا۔ اسے باہر ایک آہٹ سنائی دی۔ وہ دم سادھے کھڑا ہو گیا اور آنے والے کا انتظار کرنے لگا۔ مگر کسی نے دروازے پر دستک نہ دی۔ اس نے مایوس ہو کر کھڑکی کی جھری میں سے دیکھا۔۔۔ اس نے دیکھ لیا کہ ایک کتا کھڑا حیرانی سے اس تختی کی طرف منہ اٹھائے دیکھ رہا ہے جو بڑے پھاٹک پر آویزاں تھی اور جس پر اندر داخل ہونے کی سات شرائط لکھی تھیں۔۔۔ اس بزرگ کو لگا کتے کو تختی کا مطالعہ کرنے میں کئی صدیاں بیت گئی ہیں۔ بزرگ بے چین ہوا اٹھا اور اس نے لپک کر کھڑکی کا ایک پٹ کھول دیا۔

کتا گھبرا کر کھڑکی کی طرف دیکھنے لگا اس کی آنکھوں میں خوف تھا۔ جیسے ہی اس نے

بزرگ کا نورانی چہرہ دیکھا وہ دم دبا کر اور ایک دلدوز چیخ مارتا ہوا جنگل کی طرف بھاگ کھڑا ہوا۔ بزرگ اس واقعہ سے بہت حیران ہوا۔۔ اس نے جنگل کی طرف دیکھا۔ پیڑوں پر رنگا رنگ پنکھوں والے پرندے چہچہا رہے تھے، پہاڑ پر سے جھرنے گر رہے تھے، ہریالی کی زلفوں میں سورج اپنی انگلیوں سے کنگھی کر رہا تھا، کچھ چرندے آہستہ آہستہ گھاس چرتے ہوئے ایک سمت جا رہے تھے اور دور اسی بزرگ کی شکل وصورت کے کچھ لوگ جو بدن سے ننگے تھے ایک پگڈنڈی پر چلے جا رہے تھے۔ تب بزرگ نے اندر کی طرف پلٹ کر دیکھا۔ وہاں ہر خوبصورت چیز بے حرکت تھی۔ پھر اس نے بڑے گیٹ پر لٹکی ہوئی سات شرائط کی تختی دیکھی جس پر آخری شرط یہ تھی کہ جنت کی ہر چیز میں اس وقت زندگی آئے گی جب پہلا آدمی پہلے چھ شرائط پوری کر کے اندر قدم رکھے گا۔۔ دیر تک وہ اس تختی کو دیکھتا رہا اور پھر مایوسی سے سر جھکا کر اندر داخل ہوا اور اس نے کھڑکی کے پٹ بند کر دیے۔ وہ چلتا ہوا تخت پر جا بیٹھا اور سوچنے لگا۔۔ آدمی اپنے ہی بتائے ہوئے قوانین کے سامنے ایک دن کس طرح بے دست و پا کھڑا ہوتا ہے اور اس دن وہ دنیا کا سب سے بے بس آدمی ہوتا ہے۔

وہ اپنے تخت پر بیٹھا رہا۔۔ اور سوچتا رہا۔۔ اور پھر شاید کئی صدیاں اور بیت گئیں۔۔ کہ اچانک اس بے جان ماحول میں اوب کر اس نے اپنے پاؤں پر نظر ڈالی۔ اس کے داہنے پاؤں کا انگوٹھا پتھر کا ہو گیا تھا۔ وہ گھبرا گیا اور ایک جھٹکے سے اپنے تخت پر سے اٹھا اور بڑے پھاٹک کی طرف بڑھا۔۔ باہر کوئی آہٹ نہ تھی۔

اس نے کھڑکی کا دروازہ کھولا۔۔ اور باہر نکل آیا۔۔ سامنے ہر چیز میں زندگی تھی اور ہر چیز حرکت میں تھی۔ اس نے پلٹ کر سونے کے چمکتے ہوئے دروازے کی طرف دیکھا اور کھڑکی کے کھلے ہوئے پٹ میں سے دکھائی دینے والی ہر چیز کو دیکھا جو بالکل بے

حرکت تھی اور پھر اپنے داہنے پاؤں کے انگوٹھے کو دیکھا جو پتھر کا ہو چکا تھا۔۔۔ وہ وہیں زمین پر بیٹھ گیا۔۔۔ اور آسمان پر آہستہ آہستہ سفر کرتے ہوئے سورج کو دیکھنے لگا جس کے سامنے کائنات کی ہر چیز نے سر جھکا دیا تھا اور اس کی حمد و ثنا کے گیت گائے جا رہے تھے۔

اور پھر سب طرف اندھیرا چھا گیا۔۔۔ اندھیرے میں بیٹھا ہوا بزرگ اوب گیا اور اس نے نظریں اٹھا کر جنگل کی طرف دیکھا اور۔۔۔ کہیں بہت دور اسے روشنی دکھائی دی۔ وہ غیر ارادی طور پر اٹھا اور اس نے اس روشنی کی طرف چلنا شروع کیا۔ چلتے چلتے کئی صدیاں اور بیت گئیں۔۔۔ اس نے دیکھا سامنے جنگل کے بالکل وسط میں ایک الاؤ جل رہا ہے۔ جس کے شعلے بہت بلندی تک پہنچ رہے ہیں۔ آگ کی روشنی میں سے کچھی مٹی کے بہت سے جھونپڑے دکھائی دیے۔۔۔ جن کی دیواریوں پر شعلے رقص کر رہے تھے۔ الاؤ کے گرد بہت سے لوگ بیٹھے تھے جو بالکل ننگ دھڑنگ تھے۔ وہ سب بہت خوش تھے اور آپس میں خوش گپیاں کر رہے تھے۔ ان کے چہروں پر اداسی اور مایوسی نام کی کوئی چیز نہ تھی۔ اندھیرے میں آگ نے ان کے چہروں کو اور بھی زیادہ چمکا دیا تھا۔

اس بزرگ نے بغیر کچھ سوچے ہوئے۔ اپنے سر پر سے پگڑی اتار پھینکی، پھر اپنا لمبا چغہ اتار دیا۔۔۔ آگ کی روشنی میں اسے لگا کہ وہ اب بالکل ان جیسا ہو گیا ہے پھر وہ دھیرے دھیرے چلتا ہوا ان لوگوں کے قریب پہنچا اور ان میں شامل ہو گیا اور انھیں کی طرح خوش گپیوں میں مصروف ہو گیا اور ان کا ایک حصہ بن گیا۔

اس دن کے بعد میں نے اسے اس دن دیکھا تھا جس دن اس نے مردہ خانے میں میز پر لیٹے ایک آدمی کا جسم چیر کر دو حصوں میں تقسیم کر دیا تھا۔ اس کی آنکھیں دیکھ کر میں نے اسے پہچان لیا تھا اور پھر میں ایکا ایکی خوف زدہ ہو گیا۔

***

تعاقب

ایک بار میرے ایک خوش پوش دوست نے بھی اس کا ذکر کیا تھا لیکن میں نے اس کی بات پر کوئی خاص دھیان نہ دیا۔۔ سوچا تھا اکثر ایسا ہی ہوتا ہے کہ جب کوئی ایک شہر کا آدمی دوسرے شہر میں آتا ہے تو اپنے شہر کے بارے میں ایسے ہی بڑھا چڑھا کر قصے بیان کرتا ہے جن سے کچھ سادہ لوح لوگ اتنے متاثر ہوتے ہیں کہ ریل گاڑیوں میں بھیڑ بڑھ جاتی ہے۔

لیکن اس روز جب میری بیوی نے وہ داستان سنائی (اور پھر موقع موقع کی بات ہوتی ہے۔ چوٹ کا مزہ تو جبھی آتا ہے جب لوہا گرم ہو) تو میں اس کے بارے میں سوچنے پر مجبور ہو گیا۔۔ یہ بھی سچ ہے کہ اس وقت تک میں بالکل ٹوٹ چکا تھا۔

کچھ دن پہلے میں نے ایک انگریزی فلم دیکھی تھی جس میں ایک عجیب و غریب پانی کا جانور تالاب میں اپنے کرتب دکھاتا تھا۔ لوگ تالاب میں سکے پھینکتے تھے اور وہ جانور تالاب کی تہہ میں سے وہ سکے اپنے منہ میں دبا کر لاتا اور اپنے مالک کی ہتھیلی پر رکھ دیتا۔ لوگ خوشی سے تالیاں بجاتے اور مزید سکے پھینکتے۔۔۔

میں نے سوچا تھا اگر ایک جانور یہ کام کر سکتا ہے تو میں کیوں نہیں کر سکتا؟ (گو وہ کسی دوسرے ملک کی بات تھی) اس سے لوگوں کی دل جوئی بھی ہو گی اور میں بھی دھندے سے لگ جاؤں گا۔ پھر سوچا اگر لوگوں کو یہ پتہ چل گیا کہ جو کام دوسرے ملک

میں ایک جانور کرتا ہے یہاں میں کر رہا ہوں تو بڑی سبکی ہو گی۔۔۔ لیکن لوگوں کو معلوم ہی کیوں کر ہو گا؟ آخر کتنے لوگ ہیں جو انگریزی فلم دیکھتے ہیں۔ یہاں کے عوام تو اسے میرا اوریجنل آئیڈیا ہی سمجھیں گے۔

ہاں تو لوہا گرم تھا (یعنی میں وہ کام کرنے کے لیے اپنے آپ کو تیار کر چکا تھا جو دوسرے ملک میں جانور کرتا تھا) کہ میری بیوی نے اس جادوئی داستان کی چوٹ لگائی۔

آدھی رات کا وقت تھا۔ سارا شہر اندھیرے میں ڈوب چکا تھا اور سڑکوں کے کنارے بجلی کے کھمبے اپنے ہاتھوں میں چراغ لیے مؤدب کھڑے تھے۔ میرے قدموں کی آواز سناٹے میں دور دور تک گونج پیدا کر رہی تھی اور مجھے رہ رہ کر احساس ہو رہا تھا کہ یہ دو قدموں کی نہیں چار قدموں کی آواز ہے۔ میں پلٹ کر دیکھتا کہ وہ کون ہے جو میرے پیچھے چلا آرہا ہے۔ لیکن دور تک کوئی دکھائی نہ دیتا۔ میں قدرے خوف زدہ ہو جاتا اور پھر سیدھا چلنے کی کوشش کرنے لگتا۔ کیوں کہ میں شراب کے نشے میں دھت تھا۔

گلی کے نکڑ پر کھڑے ہو کر میں نے اپنے آپ کو سنبھالنے کی کوشش کی، اپنے اعصاب پر مکمل قابو پانے کے لیے، تاکہ کوئی اڑوسی پڑوسی آجا رہا ہو تو میرے لڑکھڑاتے قدموں سے اس پر یہ ظاہر نہ ہو سکے کہ میں نشہ میں ہوں۔

اچانک مجھے محسوس ہوا کہ میرے قریب تھوڑے ہی فاصلے پر کوئی کھڑا مجھے گھور رہا ہے۔ میں نے یک دم پلٹ کر دیکھا لیکن وہاں دور دور تک کوئی نہ تھا۔ سوائے اس کے کہ ایک درخت کی شاخ پر سے کوئی پرندہ چیخ کر اڑا اور پھر اندھیرے میں گم ہو گیا۔ میں نے سوچا وہ محض میرا وہم تھا۔۔۔ وہاں کوئی نہیں ہے۔ بھلا ایسا کون ہو گا جو مسلسل اپنا وقت ضایع کرے گا اور مجھ بے مصرف آدمی کا تعاقب کرتا پھرے گا۔ لیکن یہ خیال کہ میرا باقاعدہ تعاقب کیا جاتا ہے پھر بھی میرے ذہن سے نہ نکل سکا۔

میں نے بڑے نپے تلے قدم اپنے گھر کی طرف بڑھانے شروع کیے۔ میرے مکان کے بالکل باہر کارپوریشن کی بجلی کا کھمبا ہے جس کی روشنی میرے گھر کو منور کیے رہتی ہے۔ یہ بڑی اچھی بات ہے۔ لیکن اس کی روشنی کی وجہ سے میری بیوی کی نیند حرام ہو جاتی ہے۔ ایک دو بار تو اس نے غصہ میں آکر بلب کو پتھر مار کر توڑ بھی دیا تھا۔ لیکن کارپوریشن کے مستعد کارندے آئے اور پھر نیا بلب لگا گئے۔ میری بیوی بے بسی سے انھیں دیکھتی رہی اور ایک سرد آہ بھر کر خاموش ہو گئی تھی۔

بجلی کے بلب کی روشنی میں، میں نے اپنے گھر کو منور دیکھا، دہلیز پر میری بیوی اپنے تینوں بچوں کے ساتھ بیٹھی میرا انتظار کر رہی تھی۔ سامنے والے مکان کے چبوترے پر ہماری پڑوسن کھڑی میری بیوی سے باتیں کر رہی تھی جنھیں میری بیوی بظاہر بڑی توجہ سے سن رہی تھی۔ وہ کہہ رہی تھی کہ کل جو وہ لوگ اس کے خاوند کو نشہ کی حالت میں دھت ٹیکسی میں ڈال کر لائے تھے تو یہ سب دشمنوں کا کیا دھرا تھا۔ انھوں نے زبردستی اس کے خاوند کو شراب پلا دی تھی۔

"ٹھیک کہتی ہو بہن یہ دشمن نگوڑے کسی کے پیچھے نہ پڑ جائیں!" میری بیوی نے جواب دیا اور اچانک مجھے خیال آیا کہ کوئی میرے پیچھے پیچھے چلا آرہا ہے۔ میں نے بوکھلا کر پیچھے دیکھا۔ لیکن وہاں دور دور تک کوئی نہ تھا۔ صرف میرے اپنے قدموں کی آواز سارے میں گونج رہی تھی۔ میں ایک بار پھر سنبھل کر بالکل سیدھا چلنے کی کوشش کرنے لگا۔

مجھے دیکھ کر سامنے والے مکان کے چبوترے پر سے وہ پڑوسن اندر اپنے گھر چلی گئی۔ میری بیوی کی گود میں سر رکھے اونگھتے ہوئے میرے بچوں نے سر اٹھا کر میری طرف دیکھا اور میری بیوی اٹھ کھڑی ہوئی۔

میری بچیاں میری ٹانگوں سے لپٹ گئیں اور میرا لڑکا تھوڑے فاصلہ پر کھڑا ہو کر مجھے گھورنے لگا۔ جیسے ہی میری آنکھیں اس سے چار ہوئیں، میں اچانک خوف سے کانپ گیا اور میرا سارا نشہ ہرن ہو گیا۔ میری بیوی کہنے لگی، "سامنے والے بیکنٹھ پرساد کے پیچھے دشمن بہت بری طرح پڑ گئے ہیں۔ کل انھوں نے زبردستی اسے شراب پلا دی تھی۔"

میرا لڑکا اندر چپ چاپ چلا گیا تھا۔ اس نے مجھے کچھ نہیں کہا تھا لیکن میں نے محسوس کیا کہ وہ اتنا بڑا ہو گیا ہے کہ اس سے آنکھیں ملانے کے لیے مجھے اپنی پوری زندگی کی بے اعتدالیوں کا جائزہ لینا پڑے گا۔۔۔ میں آنگن میں سے ہوتا ہوا آہستہ آہستہ کمرے کی طرف بڑھ رہا تھا آنگن میں میرے قدموں کی چاپ ابھری تو اچانک باہر گلی میں بھی کسی کے قدموں کی چاپ سنائی دی، میں نے بچیوں کو ٹانگوں سے الگ کیا، تیزی سے دروازے تک گیا اور جھانک کر باہر دیکھا۔

کارپوریشن کے بلب کی روشنی میں، مجھے اپنے مکان سے تھوڑے فاصلے پر ایک سایہ منڈلاتا دکھائی دیا۔ غور سے دیکھا تو پتہ چلا کہ وہ ایک دراز قد آدمی ہے جس نے سر پر فلیٹ ہیٹ رکھا ہوا ہے جس کا اگلا کونا پیشانی پر جھکا ہوا ہے۔ اس نے لمبا اوور کوٹ پہن رکھا ہے جس کا رنگ اندھیرے میں پہچانا نہیں جا سکتا۔ کالی پتلون کے نیچے سیاہ بوٹ ہیں جن کی ایڑیاں زمین سے ٹکرا کر آواز پیدا کرتی ہیں۔ وہ بالکل انگریزی فلموں کے ڈیٹیکٹو کی طرح لگ رہا تھا۔۔۔ "اف خدایا! یہ انگریزی فلمیں ہماری زندگی میں اس طرح کیوں گھستی چلی آ رہی ہیں؟" میں بڑبڑایا اور آواز دی، "کون ہو تم؟"

وہ آدمی رکا اور اس نے پلٹ کر دیکھا۔ مارے خوف کے میری چیخ نکلتے نکلتے رہ گئی۔ اس آدمی نے جس طرح سفید دستانے پہن رکھے تھے ویسی ہی سفید بینڈیج Bandage

اس کے چہرے کے گرد لپٹی ہوئی تھی۔ مجھے فوراً خیال آیا۔ یہ تو H.G.Wells کا Invisible Man ہے جس کی فلم آج کل ٹیلی ویژن پر قسط وار دکھائی جارہی ہے۔

"اف خدایا!۔۔۔ پھر وہی انگریزی فلم۔۔۔؟ میرے ذہن میں میری آواز گونجی اور اس سے پیش تر کہ میں خوف کے مارے دروازہ بند کرلیتا وہ آدمی تیزی سے بھاگنے لگا اور پھر گلی کے آخری سرے پر پہنچ کر اندھیرے میں گم ہو گیا۔ اس کے بھاگتے ہوئے قدموں کی آواز گونجی اور پھر آہستہ آہستہ دور جاکر ختم ہو گئی۔ میں نے دروازہ بند کیا اور اندر کی طرف پلٹا۔

"کون تھا؟" میرا بیٹا سامنے کھڑا مجھ سے پوچھ رہا تھا۔

"ہونہہ۔۔۔ م۔۔۔ معلوم نہیں شاید Invisible Man تھا،" میں نے بتایا اور چور نظروں سے اس کے چہرے پر دیکھ کر اندر کی طرف بڑھ گیا۔ کارپوریشن کے بلب کی روشنی میں میرے بیٹے کا چہرہ صاف دکھائی دے رہا تھا۔ اس کی نظریں میرے اندر تک دھنسی جارہی تھیں۔

میں بستر پر لیٹا ہوا سگریٹ کا دھواں اڑا رہا تھا۔ بچے سب سو گئے تھے اور میری بیوی گھر کے کام کاج سے نپٹ کر تولیے سے ہاتھ پونچھتی ہوئی میرے بستر پر آبیٹھی۔ میں نے اپنا ہاتھ بڑھا کر اس کا شانہ سہلانا شروع کیا۔ اس نے پلٹ کر میرے چہرے پر دیکھا پھر قدرے متفکر ہو کر بولی، "یہ آپ کی آنکھوں میں ڈر سا کیسا ہے؟"

"ڈر؟۔۔۔ نہیں تو!" میں نے اپنا چہرہ دوسری طرف پھیرتے ہوئے کہا اور سگریٹ کا ٹکڑا ایش ٹرے میں کچل دیا۔

"بتی بجھادوں؟"

"بتی؟۔۔۔ نہیں۔۔۔ ہاں۔۔ ہاں بجھادو بجھادو!" میں نے بے دھیانی سے جواب دیا

کہ میرے حلق میں ہکلاہٹ کے ہلکے ہلکے جھٹکے سے لگے۔

اس نے بتی بجھادی۔۔۔

لوہا گرم تھا۔۔۔ بس ایک ہی چوٹ سے کام ہو گیا۔ تب اس نے بتایا کہ میرے اس خوش پوش دوست کا بتایا ہوا وہ قصہ اب زبان زدِ خاص و عام ہو چکا ہے اور اکثر لوگ اس کے بارے میں جان کر یقین کرنے لگے ہیں اور قدرتی ہے کہ ریل گاڑیوں میں بھیڑ بڑھ گئی ہو گی۔

اس نئے شہر میں اپنے اس خوش پوش دوست کو ڈھونڈ نکالنا بڑا جوکھم کا کام تھا کہ اکثر لوگ خوش لباس تھے اور دور سے ایک ہی سے لگتے تھے۔ بس فرق اس وقت محسوس ہوتا جب پتہ چلتا کہ دوست نہیں ہیں صرف خوش لباس ہیں۔

اس کام میں مجھے ایک برس لگ گیا اور ایک برس کے بعد بھی دوست نہ ملا صرف اس کے بارے میں خبر ملی کہ عرصہ ہوا وہ مر چکا ہے۔۔۔ اس کا مر جانا کوئی ایسی حیران کن بات نہ تھی کہ لوگ مرتے ہی رہتے ہیں۔ (یہ الگ بات ہے کہ اپنے عزیز کے مرنے کا غم ہمیں جس طرح اٹھانا پڑتا ہے وہ صرف ہم ہی جانتے ہیں) حیران کن وہ صورتِ حال تھی جس میں اس نے جان دی۔ وہ قصہ ناقابلِ یقین ضرور تھا لیکن اس کی تفصیل اس قصہ سے ملتی جلتی تھی جو اس نے ایک بار مجھے سنایا تھا اور پھر میری بیوی نے بھی جس کی تائید کی تھی۔ اور جس میں ایک عورت کا ذکر تھا۔

شکل و صورت معلوم ہونے کے باوجود اتنے بڑے شہر میں اس عورت کو ڈھونڈ نکالنا آسان کام نہ تھا۔ سہولت کی صرف ایک ہی بات تھی کہ سب نے بتایا تھا جدھر سے وہ گزرتی ہے اس کے پیچھے ان گنت لوگ چل رہے ہوتے ہیں اور اس طرح کہ کسی کو شک تک نہ ہو کہ وہ سب اس عورت کا تعاقب کر رہے ہیں۔ کئی بار بازار میں چلتے چلتے ایسا

محسوس ہوتا کہ بہت سے لوگ ایک ہی سمت میں جا رہے ہیں اور ایک دوسرے سے نظریں بچا رہے ہیں میں بھی ان کے ساتھ ہو لیتا۔ بازاروں میں میلوں میل چلتا جاتا اور آخر پتہ چلتا کہ سب لوگ گلیوں اور گلیاروں میں سے ہوتے ہوئے بکھر گئے ہیں اور میں اکیلا رہ گیا ہوں اور میرے آگے کوئی ایسی عورت نہیں جا رہی ہے (جس کی شکل و صورت کی تصویر میرے ذہن میں محفوظ ہے) جس کا کہ تعاقب کرنے کا مجھے لوگوں پر شبہ ہوا تھا۔

ایسے موقعہ پر جب کہ میں بالکل تنہا رہ جاتا اور دور دور تک کوئی دکھائی نہ دے رہا ہوتا تو ایکا ایکی کسی دوسرے آدمی کے قدموں کی آواز مجھے اپنے پیچھے گونجتی ہوئی محسوس ہوتی۔ میں مارے خوف کے پلٹ کر دیکھتا تو H.G.Wells کا Invisible Man دور سے میرا تعاقب کرتا دکھائی دیتا اور جیسے ہی وہ دیکھتا کہ میں اس کی موجودگی سے باخبر ہو گیا ہوں وہ بھاگ کھڑا ہوتا۔

بات صاف تھی۔ جب ٹیلی وژن کی اسکرین پر اسے دوڑتے بھاگتے، کار چلاتے اور مجرموں سے مارپیٹ کرتے میں نے دیکھا تھا تو ضرور اس نے بھی مجھے تماشائیوں میں دیکھ کر پہچان لیا ہوگا۔ میں نے بھی اس کے بینڈ تج میں چھپے ہوئے چہرے پر آنکھوں کی جگہ دو چھوٹے چھوٹے سوراخ جھانکتے دیکھے تھے۔

اس نے ان سوراخوں میں سے مجھے پہچان لیا اور ٹیلی وژن کے پردے میں سے نکل کر میرا تعاقب کرنا شروع کر دیا۔ مگر۔۔۔ مگر یہ تو اس شہر کی بات ہے۔۔۔ میرا ہی تعاقب کیوں اور پھر اس شہر سے اس شہر تک؟ بات میری سمجھ میں نہیں آرہی تھی اور اس کے بھاگتے ہوئے پاؤں اپنے سیاہ جوتوں سمیت میرے ذہن میں پھنس کر رہ گئے تھے۔ اس کے قدموں کی آواز میرے اندر گونج رہی تھی اور دو تیز چمکتی ہوئی آنکھیں

مجھے گھور رہی تھیں جو شاید میرے بیٹے کی آنکھیں تھیں۔

میں عجب تذبذب میں تھا۔۔ کہ میں جس کا تعاقب کرنا چاہتا تھا وہ بھی ایک Invisible شخصیت تھی اور ایک Invisible Man میرا تعاقب کر رہا تھا۔ میں جس مقصد کے لیے تعاقب کرنا چاہتا تھا وہ معلوم تھا اور وہ جس مقصد کے لیے میرا تعاقب کر رہا تھا، معلوم نہ تھا۔

آخر ایک دن وہ گھڑی آن پہنچی۔۔ اور یہ سچ ہے کہ کون سا لمحہ کب آئے گا، کسی کو کچھ معلوم نہیں ہوتا۔ میں کئی دن سے گلیوں اور بازاروں کی خاک چھانتا پھر رہا تھا ایک شام تھک ہار کر سمندر کے کنارے پھیلی ہوئی ریت پر نڈھال ہو کر گر گیا۔۔۔ میرے جسم کا انگ انگ دکھ رہا تھا۔ نرم نرم ریت نے مجھے قدرے سکون پہنچایا ہلکی ٹھنڈی ہوا کا ایک جھونکا آیا اور میری آنکھ لگ گئی۔۔۔

ایکا ایکی شور بلند ہوا۔ میں نے دیکھا بہت سے لوگ اپنے سروں پر دیوتاؤں کی مورتیاں اٹھائے سمندر کی طرف بڑھ رہے ہیں۔ اور دیوتاؤں کی حمد و ثنا گاتے ہوئے ان مورتیوں کا سمندر میں وسرجن کرتے ہیں۔۔ اور شور مچاتے ہوئے سر جھکا کر ایک طرف کھڑے ہو جاتے ہیں۔

آہستہ آہستہ اندھیرا پھیلنے لگا۔ مورتی وسرجن کرنے والے لوگ ایک ایک کر کے اپنے گھروں کو لوٹنے لگے۔ ساحل پر لہروں کی سرگم کے علاوہ اور کوئی آواز نہ تھی۔۔۔ میں لیٹے لیٹے یہ سارا منظر دیکھتا رہا۔ میں نے وہ چہل پہل بھی دیکھی تھی۔ دھند لکے میں منتر پڑھے جانے کی آوازیں بھی سنی تھیں اور اب اندھیرے میں اس خاموشی کو بھی محسوس کر رہا تھا۔۔۔ لہریں آگے بڑھ کر چپ چاپ ساحل پر پھیل جاتیں۔ میں دور، بہت دور سمندر کی وسعت اور اندھیرے کے سنگم میں کھو چکا تھا کہ اچانک میرے کانوں میں

کسی کے قدموں کی چاپ سنائی دی۔ میں ڈر گیا۔

"ضرور یہ وہی Invisible Man ہو گا!" میں نے سوچا اور جھٹ سے اپنی نظریں گھما کر دوسری سمت دیکھا۔ وہاں کوئی نہ تھا۔

میں نے نظریں پھر سمندر کی وسعت پر گاڑدیں۔ مجھے آہستہ آہستہ "شڑاپ شڑاپ" کی مدھم سی آواز سنائی دی اور پھر حدِ نظر پر اندھیرے میں ایک روشن سا نقطہ ابھرتا نظر آیا جو لمحہ بہ لمحہ بڑا ہو کر قریب آتا جا رہا تھا۔۔۔

وہ ایک ادھیڑ عمر کی عورت تھی جس کے چہرے پر جوانی ابھی اپنی پوری آب و تاب کے ساتھ موجود تھی۔ وہ سر سے پاؤں تک ہیرے جواہرات سے جڑے زیورات سے لدی ہوئی تھی۔ اور اس کا لباس ان دیویوں جیسا تھا جن کا ذکر دیو کتھاؤں میں آتا ہے۔ جب وہ قریب سے گزری تو میں نے غور سے دیکھا۔ میری آنکھیں خیرہ ہو اٹھیں اور ایک کوندا سا میرے ذہن میں لپکا۔ وہ بالکل وہی عورت تھی جس کا ذکر میرے اس خوش لباس مرحوم دوست نے کیا تھا اور پھر میری بیوی نے اس کی تائید کی تھی۔

تو گویا اس طلسمی داستان کا آغاز ہو گیا۔ میں نے سوچا اور اٹھ کر اس عورت کا تعاقب شروع کر دیا۔ بالکل اسی انداز سے جس انداز سے کہ میرا تعاقب H.G.Wells کا Invisible Man ایک عرصہ سے کر رہا تھا۔

ساحل پر سے گزرتی ہوئی وہ عورت ایک سڑک پر چلنے لگی۔ عجیب شاہانہ چال تھی۔ گردن بالکل اکڑی ہوئی، نگاہیں بالکل سیدھی جیسے مستقبل پر ٹکی ہوں۔ وہ بالکل بے پروا بے نیازانہ چلی جا رہی تھی کہ اچانک مجھے محسوس ہوا کہ وہ لوگ جو اس روز گلیوں اور گلیاروں میں بکھر کر گم ہو گئے تھے اور وہ لوگ جو اپنے دیوتاؤں کی مورتیاں سمندر میں وسرجن کر گئے تھے۔ سب نہ جانے کہاں سے اور کیسے آ گئے ہیں اور چپ چاپ اس

عورت کا تعاقب کرنے لگے ہیں اور اپنی انتہائی کوشش کر رہے ہیں کہ کسی کو اس بات کی کانوں کان خبر نہ ہو۔

عجیب حالت تھی۔۔۔ وہ داستان جس کی تفصیل مجھے کئی برس پہلے بتائی جاچکی تھی میری نظروں کے سامنے اپنی پوری جزیات کے ساتھ دہرائی جارہی تھی۔ بالکل ویسے ہی ہورہا تھا جیسے کہ بتایا گیا تھا۔

حتیٰ کہ سمندر کے کنارے بنا ہوا وہ قلعہ دکھائی دینے لگا جس کے طرزِ تعمیر کے بارے میں مجھے پہلے سے علم تھا۔ اس کی دیواروں کا رنگ موسم کے اثر سے بالکل ویسا ہی ہوگیا جیسا کہ مجھے پہلے سے بتایا گیا تھا۔

بھیڑ ہر لمحہ بڑھ رہی تھی۔ وہ عورت پلٹ کر دیکھے بغیر چلی جارہی تھی۔ پھر اچانک وہ قلعہ کی دیوار کے سامنے جا کھڑی ہوئی۔ اس دیوار میں کوئی دروازہ نہ تھا لیکن عورت کو دیکھتے ہی دیوار نے ایک زوردار سانس لی اور اس کا سینہ غار کی طرح کھل گیا اور عورت بڑھ کر اس خلا میں سما گئی۔

سب طرف ایک کہرام سا مچ گیا۔ اسی شور و غل میں ان منتروں کی آوازیں بھی سنائی دینے لگیں جو دیوتاؤں کی مورتیاں جل وسرجن کرتے وقت اچارن کیے گئے تھے۔ سب طرف مکمل اندھیرا تھا اور بے پناہ شور تھا۔

قلعہ کی دیوار پر ایک چبوترے کا ہیولا سا نظر آرہا تھا۔ اس کا گنبد اندھیرے میں ڈوبا ہوا تھا۔ اس کے اندر سے ہلکی سی روشنی آہستہ سے ابھری۔ شور اک دم بند ہوگیا۔

گنبد کے نیچے چبوترے پر اس عورت کا سراپا نظر آنے لگا تھا۔ پہلے روشنی اس کے پیچھے ہالہ بنائے ہوئے تھی پھر وہ خود نور میں نہا گئی۔ ویسے ہی جیسے رات کے وقت میرا گھر کارپوریشن کے بلب کی روشنی سے منور ہو اٹھتا تھا۔ وہ دنیا کی خوب صورت ترین عورت

تھی۔ میں نے ایسا پروقار حسن آج تک نہیں دیکھا تھا۔ روشنی گویا اس کے وجود میں سے پھوٹ پھوٹ کر دور دور تک پھیل رہی تھی اور اس روشنی میں لوگوں کا بے پناہ ہجوم سایوں کی طرح نظر آرہا تھا۔

اس عورت نے اچانک اپنے زیور اتارنے شروع کیے اور چند زیور پوری طاقت سے ہجوم کی طرف پھینک دیے۔ زیور اس طرح لوگوں کی طرف لپکے تھے جیسے روشنی کی کرنیں لپکی ہوں۔ ان زیوروں کو اٹھانے کے لیے لوگ جھپٹے۔ دیکھتے ہی دیکھتے قیامت کا منظر نظر آیا۔ وہ ایک دوسرے کے ساتھ گتھم گتھا ہو رہے تھے۔ چیخ و پکار بلند ہوئی وہ عورت آہستہ سے چبوترے پر سے اتری اور اندھیرے میں غائب ہوگئی۔

اچانک میرے ذہن میں ایک خیال پیدا ہو گیا اور میں بے تحاشہ بھاگتا ہوا قلعہ کی پشت پر پہنچ گیا۔ میں نے دیکھا سنگین دیوار میں جگہ جگہ چھوٹے چھوٹے جھروکے بنے ہوئے تھے میں ان جھروکوں میں پاؤں اور ہاتھ جماتا ہوا دیوار کے اوپر چڑھنے لگا۔ حتی کہ میں دیوار کے اوپر بنی ہوئی چوڑی سڑک پر پہنچ گیا۔ میں نے بغیر کچھ سوچے سمجھے اس سڑک پر بھاگنا شروع کیا۔ ایک جگہ سے سیڑھیاں نیچے کو جاتی تھیں۔ میں نے سیڑھیوں پر سے اترنا شروع کیا اور ایک گلیارے میں سے ہوتا ہوا ایک بہت بڑے ہال میں پہنچ گیا۔

وہ ہال صدیوں پرانے فرنیچر اور آرائشی سامان سے بڑے شاہانہ ٹھاٹھ باٹھ سے سجا ہوا تھا اور بالکل خالی تھا۔ میں نے ادھر اُدھر نظریں گھما کر دیکھا وہ عورت کہیں نظر نہیں آرہی تھی، ہاں اس کا دیو کتھا کی دیویوں جیسا لباس ایک کھونٹی پر ٹنگا ہوا تھا۔ دور ایک ڈریسنگ ٹیبل تھا جس پر اس کے جسم کے باقی ماندہ زیور پڑے فانوس کی روشنی میں جگر مگر جگمگا رہے تھے۔

"وہ عورت کہاں گئی؟" میرے ذہن میں سوال ابھرا۔ "اپنے لباس اور زیوروں

کے بغیر وہ عورت کہاں ہو گی؟" اچانک میری نظر ایک دیوار میں کھلے ہوئے دروازے پر پڑی جس کے اندر سے ہلکا ہلکا دھواں باہر آرہا تھا۔۔۔ میں نے آگے بڑھ کر دیکھا وہ ایک وسیع و عریض حمام تھا جو بھاپ سے بھرا ہوا تھا۔

"ضرور وہ عورت اندر ہو گی!" میں نے سوچا۔ حمام میں ننگی، دنیا کی حسین ترین عورت! لوہا گرم ہو گا اور بس ایک ہی چوٹ سے کام ہو جائے گا۔ میرے سارے جسم میں ایک جھرجھری سی دوڑ گئی۔ میں نے پاگلوں کی طرح ادھر اُدھر گھوم کر اسے ڈھونڈنا شروع کیا۔ کافی دیر گزر گئی۔ وہ حمام بھول بھلیوں جیسا تھا اور سب طرف بھاپ بھری ہوئی تھی۔ آخر اس بھاپ میں مجھے وہ عورت دکھائی دی۔ میں اس کی طرف آہستہ آہستہ بڑھنے لگا۔ وہ مادرزاد ننگی تھی اور بھاپ میں غسل کر رہی تھی۔ میں جب اس کے قریب پہنچا تو میری حیرانی کی انہتا نہ رہی۔ وہاں وہ عورت نہ تھی۔ ایک دیوار پر اس عورت کی تصویر بنی ہوئی تھی۔ بالکل مادرزاد ننگی عورت کی تصویر۔

ساری بات میری سمجھ میں آگئی تھی۔ میرے اس خوش لباس دوست کی موت اس قلعہ کی دیوار پر سے کود کر ہوئی تھی۔ ظاہر ہے وہ تصویر کے اس طلسم کا شکار ہو گیا ہو گا۔ اس کی سمجھ میں تصویر سے عورت اور عورت سے تصویر بننے کا یہ معمہ نہ آیا ہو گا۔ وہ گھبرا کر بھاگا ہو گا اور آخر اسی دیوار پر سے گر کر مر گیا ہو گا جسے وہ پھاند کر اس حمام تک پہنچا ہو گا۔

میں آہستہ سے اس بھاپ بھرے حمام میں سے پھر ہال میں آیا۔ کھونٹی پر سے وہ قیمتی لباس اتارا اور اس میں ہیرے جواہرات میں جڑے ہوئے وہ زیور باندھے اور اندھیرے کی طرف بڑھنے لگا۔

میں نے قلعہ کی دیوار کے پاس ان گنت لاشیں پڑی دیکھیں اور قلعہ کو ان کی

موت پر افسوس سے اپنے ہاتھ ملتے دیکھا اور آہستہ آہستہ چلتا ہوا آگے بڑھنے لگا۔

میں نے کپڑوں اور زیوروں کی پوٹلی کو کھول کر دیکھا۔ اب میرے پاس بہت کچھ تھا، باقی ماندہ زندگی کا تحفظ۔۔۔ میں نے سوچا اب میں اپنے بیٹے کی تیکھی نظروں کے سامنے شرمسار نہیں ہوں گا۔ میری بچیاں گھبرا کر اندھیرے میں میری ٹانگوں کے ساتھ نہیں لپٹیں گی۔ میری بیوی کے دشمن مجھے کبھی زبردستی شراب نہیں پلائیں گے۔۔۔

اچانک میرے قریب کسی کے قدموں کی آواز گونجی۔ میں نے بغیر کسی خوف کے پلٹ کر دیکھا تھوڑے ہی فاصلہ پر H.G.Wells کا Invisible Man کھڑا مجھے گھور رہا تھا۔

میں یہ دیکھ کر حیران ہوا کہ اب وہ یہ جان کر بھی کہ میں نے اس کو دیکھ لیا ہے بھاگا نہیں ہے۔ میں نے پوٹلی پھر سے باندھی اور آہستہ آہستہ اس کی طرف بڑھنے لگا۔ قریب اور قریب بالکل قریب میرے اور اس کے درمیان فاصلہ نام کی کوئی چیز نہ رہ گئی تھی۔ میں نے اپنا دایاں ہاتھ بڑھا کر اس کے کندھے پر رکھ دیا، اس کے جسم میں کوئی حرکت پیدا نہ ہوئی۔ میں نے اس کے چہرے پر دیکھا۔ اس کے بینڈیج میں لپٹے ہوئے چہرے میں سے دو آنکھیں مجھے برابر گھورے جا رہی تھیں۔ میں نے ہاتھ بڑھا کر اس کا ہیٹ اتار پھینکا۔ پھر اس کے ہاتھوں کے سفید دستانے پھر اس کا لمبا اوور کوٹ حتی کہ اس کے جسم پر سے میں نے تمام لباس نوچ ڈالا۔ میں نے دیکھا اس کا سارا جسم بینڈیج میں لپٹا ہوا ہے اور سفید بینڈیج پر جگہ جگہ خون کے دھبے پڑے ہوئے ہیں۔ میں نے ساری بینڈیج اتار پھینکی۔ اب وہاں سوائے بینڈیج کے ایک ڈھیر کے اور کچھ بھی نہ تھا جس پر جابجا خون کے دھبے تھے۔ میں نے حیرانی سے اس کے لباس اور بینڈیج کے ڈھیر کو دیکھا۔ اس کا کہیں نام ونشان نہ تھا۔ میں سناٹے کے عالم میں کھڑا تھا۔۔۔

اچانک مجھے محسوس ہوا کہ دو غیر مرئی ہاتھ میری طرف بڑھے ہیں اور انھوں نے آہستہ آہستہ میر الباس اتارنا شروع کیا ہے۔۔۔

لباس کا ایک ڈھیر لباس کے دوسرے ڈھیر کا اس طرح تعاقب کر رہا تھا کہ کسی کو کانوں کان خبر نہیں ہو رہی تھی۔

پھر سمندر میں سے پانی کا ایک زوردار ریلا آیا اور قلعہ کی دیوار کے ساتھ ٹکرا کر قریب پڑی ہوئی تمام لاشوں کو بہا کر لے گیا۔

***

سرنگ

گہری تاریکی اور مکمل خاموشی تھی۔۔۔ سارے احساسات نیند میں ڈوبے ہوئے تھے۔ کہیں کچھ نہیں رہا تھا۔۔۔ یہ کیفیت کب سے تھی۔ یاد نہیں آرہا تھا۔ اس سے پہلے کیا تھا۔۔۔ اس کا بھی علم نہ تھا۔ پھر جیسے کسی ہیولے کی طرح زمین پر اترنے کا احساس ہوا۔ اور لگا کہ پیٹھ زمین سے لگتی جا رہی ہے۔

دور کہیں شاید کسی رقص کی تیاریاں ہو رہی تھیں۔ رقاصہ نے گھنگرو پاؤں سے باندھ کر زمین پر ایک دوبار ضرب لگائی تھی۔ اسی کے ساتھ جھنکار سنائی دی، لیکن بہت مدھم جیسے میلوں دور سے آئی ہو۔ جیسے صدیوں پہلے کا واقعہ ہو۔۔۔ پھر لگا کہ وہ آواز جیسے میرے پہلو سے ابھری ہے۔ اچانک فاصلہ ختم ہو گیا۔ اور واقعہ اسی لمحے کا ہے جس میں میں جی رہا ہوں۔ وقت تھم گیا۔

میں جی رہا ہوں۔۔۔ جیسے اس یقین نے میرے خون کے ساتھ سارے جسم میں سفر کرنا شروع کر دیا ہو۔۔۔ اور میری چھاتی میں شدید اینٹھن محسوس ہوئی۔۔۔ ایک ٹیس سی اٹھی۔ میرے جسم میں ذرا سی حرکت ہوئی۔ گھنگرو پھر بج اٹھے۔ دور نہیں۔۔۔ میرے پہلو میں۔ اور میں نے اپنے ہاتھ سے اس چھنکار کو پکڑنا چاہا۔۔۔ میری انگلیاں سرد لوہے کے حلقوں سے چھو گئیں۔۔۔ میں چونکا اور آنکھیں کھول دیں۔۔۔ اندھیرا بدستور موجود تھا۔۔۔ میری انگلیاں ایک لمبے سرد آہنی سلسلے پر کبھی آگے اور

کبھی پیچھے پھسل رہی تھیں۔۔۔تو۔۔۔تو کیا یہ گھنگرو۔۔۔؟ نہیں!

نہیں یہ ایک آہنی زنجیر تھی، جو میرے سینے کے گرد لپٹی ہوئی تھی۔۔۔ اتنی سختی سے کہ ہلنا جلنا بھی مشکل تھا۔۔۔ اور میں زمین پر لیٹا ہوا تھا۔۔۔ اور زمین کے رگ و ریشے میں سیلن پھیلی ہوئی تھی۔ کہیں کچھ دکھائی نہیں دے رہا تھا۔ بس احساس۔۔۔ جسم میں شدید درد کا۔۔۔ زنجیروں میں جکڑے ہوئے جسم کا اور جسم کے نیچے سیلن بھری زمین کا۔

اس سے پہلے کیا تھا۔۔۔؟ میں نے سوچنا شروع کیا۔۔۔ یہ کیفیت ابدی نہیں ہو سکتی۔ اس سے پہلے ضرور کچھ ہو گا۔۔۔ لیکن ذہن میں درد کا احساس اتنا شدید تھا کہ کوئی دوسری بات سوجھتی نہ تھی۔۔۔ میں جس حال میں تھا۔۔۔ کچھ مدت تک اسی حال میں پڑا رہنا مناسب سمجھا۔۔۔

لیکن عجیب بات تھی۔۔۔ بے حسی میں صدیاں بیت گئی تھیں مگر احساس کی بیداری کے بعد ایک لمحہ بھی اس کیفیت میں نہیں گزارا جا رہا تھا۔۔۔ میں نے اٹھنے کی کوشش کی۔۔۔ مکمل کوشش اور وہ کوشش ناکام رہی۔۔۔ پھر کوشش کی اور۔۔۔ اور پھر میں اٹھنے میں کامیاب ہو گیا۔۔۔

میں نے بیٹھ کر یہ جاننے کی کوشش کی کہ وہ زنجیر کتنی لمبی ہے۔ میں نے اسے ہاتھوں میں لے کر اپنی طرف کھینچنا شروع کیا۔۔۔ پہلی بار مجھے معلوم ہوا کہ میرے ہاتھ بھی بری طرح زخمی ہیں۔ کوئی سیال بار بار زنجیر کے حلقوں اور میرے ہاتھوں میں چپک جاتا تھا۔ شاید وہ خون تھا۔۔۔ لیکن میں زنجیر کو اپنی طرف کھینچتا رہا۔ ہاتھوں کے ساتھ چپکنے والے خون اور زخمی ہاتھوں سے اٹھنے والے درد کی پرواہ کیے بغیر اور پھر جلد ہی یہ سلسلہ ختم ہو گیا۔۔۔ زنجیر تو اور باقی تھی لیکن اسے کھینچا نہیں جا سکتا تھا۔ اس کا دوسرا سرا کہیں بندھا ہوا تھا۔ کہاں بندھا تھا۔۔۔ اور کس چیز سے بندھا تھا۔ یہ جاننے کے لیے زنجیر کے

سہارے آگے بڑھتے ہوئے وہاں پہنچنا تھا۔۔۔ اور میری جسمانی حالت اس مشقت کے لیے بالکل اجازت نہ دے رہی تھی۔۔۔

لیکن نہیں۔۔۔ ایک جگہ مردہ حالت میں کیسے پڑا رہا جاسکتا ہے؟ میں نے اپنی پوری طاقت جمع کی اور زنجیر کو پکڑ پکڑ کر آگے کی طرف کھسکنا شروع کیا۔ میرا سر اچانک کسی چیز سے ٹکرایا۔ میں نے ایک ہاتھ اوپر کر کے اس چیز کو معلوم کرنے کی کوشش کی۔۔۔ یہاں سے وہاں تک کھردرے پتھروں کا سلسلہ تھا۔۔۔ تو گویا وہ چھت تھی۔۔۔ اس جگہ جہاں میں موجود تھا۔۔۔ بہت ہی نیچی چھت، کہ ذرا بھی سر اٹھایا جائے تو سر سے ٹکڑا جائے۔۔۔ لہٰذا سر جھکا کر آگے بڑھنا ہوگا۔۔۔ اور میں پھر آگے بڑھنے لگا۔۔۔ جلد ہی میں اس جگہ پہنچ گیا جہاں زنجیر کا آخری حلقہ بندھا تھا۔۔۔

وہ پتھر کی دیوار میں ٹھونکا ہوا ایک بڑا سا کیل تھا۔۔۔ جس میں ایک بڑا سا لوہے کا کڑا تھا۔۔۔ اور اس کڑے کے حلقے میں زنجیر کا آخری حلقہ پڑا ہوا تھا۔۔۔ زنجیر میں اور کڑے میں لچک موجود تھی۔۔۔ لیکن نجات ناممکن۔۔۔

میں نے مایوسی کے عالم میں گال پھلا کر اندر کی ہوا باہر نکال دی۔ اور بے حرکت ہو کر بیٹھ گیا۔۔۔ اور پھر سوچنے کی کوشش کی کہ آخر یہاں پہنچا کیسے۔۔۔؟ لیکن۔۔۔ لیکن کچھ یاد نہیں آرہا تھا۔۔۔ اور میں ایسی ناقابلِ برداشت حالت میں نہیں رہ سکتا تھا۔ میں نے غصہ میں آکر پورے زور سے زنجیر کو ایک جھٹکا دیا لیکن کوئی نتیجہ نہ برآمد ہوا۔۔۔ سوائے اس کے کہ زنجیر کھنک اٹھی اور پھر وہ آواز بھی تاریکی میں ڈوب گئی۔

میں نڈھال ہو کر بیٹھ گیا۔۔۔ اور اس حالت سے چھٹکارا پانے کی کوئی ترکیب سوچنے لگا۔۔۔ پھر غیر ارادی طور پر میں نے اپنی جیبیں ٹٹولیں۔۔۔ ان میں کوئی خاص چیز نہ تھی۔ سوائے سگریٹ کے ایک مڑے تڑے پیکٹ اور ماچس کے۔

میرے ذہن میں جیسے کوندہ سا لپک گیا۔۔۔ میں نے ٹٹول ٹٹول کر ایک دیا سلائی نکالی اور اسے روشن کرنے کی کوشش کی۔ ایک دو ضربوں کے بعد وہ جل اٹھی۔ اور سارے میں روشنی پھیل گئی۔ میری آنکھیں اس روشنی میں لمحہ بھر کے لیے چندھیا گئیں۔۔۔ اور میں نے دیکھا کہ میرے دائیں ایک لمبی سرنگ ہے۔ اور بائیں جہاں سرنگ ختم ہوتی ہے وہاں زمین پر ایک انسانی ڈھانچہ پڑا ہوا ہے۔ اس کے کپڑے بدستور موجود ہیں۔ لیکن جسم پر سے سارا گوشت نچا ہوا ہے۔۔۔ میں لرز سا گیا اور دیا سلائی ختم ہو کر بجھ گئی۔۔۔

اندھیرے میں بھی۔۔۔ اس کے گلے میں بندھی ہوئی ٹائی مجھے یاد آ گئی۔۔۔ تو کیا وہ مجھ سے پہلے۔۔۔؟ تو اس کا مطلب ہے رہائی آسان نہیں۔۔۔ میں نے بے دھیانی میں سگریٹ پیکٹ سے نکالا اور اسے ہونٹوں میں دبا کر ایک اور دیا سلائی جلائی۔ سگریٹ سلگایا اور ایک نظر پھر اس ڈھانچے پر ڈالی۔۔۔ وہ بدستور پڑا تھا۔ گلے میں بندھی ٹائی اور گوشت کے بغیر ہڈیوں کا ڈھانچہ۔۔۔ دیا سلائی بجھ گئی اور سگریٹ میرے ہونٹوں میں کانپنے لگا۔

کش لگانے سے سگریٹ کا جگنو چمک اٹھتا اور روشنی کا ایک ہالہ سا بن جاتا۔ جس میں، میں اپنی بے بسی کا بخوبی اندازہ لگا سکتا تھا۔ اچانک میرے ذہن میں ایک خیال پیدا ہوا۔ کہ یہ زنجیر زوردار جھٹکوں سے نہیں ٹوٹے گی۔ لیکن آہستہ آہستہ اگر اسے ہلاتے رہا جائے تو کیل اپنے سوراخ میں ڈھیلی پڑ سکتی ہے۔۔۔ لیکن کب تک؟ اب یہ سوچنے سے فائدہ جب اور کوئی چارہ ہی نہ رہ گیا ہو۔۔۔

میں نے سگریٹ کے آخری حصے تک اس کا لطف لیا۔ اور پھر جب میری انگلیاں کش کی حدت سے جلنے لگیں تو میں نے اسے پھینک دیا۔ ایک گہری سانس لی اور زنجیر کو

دونوں ہاتھوں سے پکڑ کر آہستہ آہستہ ہلانے لگا۔۔۔ آواز ایک خاص رِدم سے ابھرتی تھی۔ جیسے کوئی ساز بج رہا ہو۔۔۔ اور ایک مخصوص تال پر۔

یہ سلسلہ کتنی دیر تک جاری رہا مجھے یاد نہیں لیکن میں نے جب رک کر ایک بار ہاتھ آگے بڑھا کر کیل کو پکڑا تو وہ واقعی کچھ ڈھیلا پڑ چکا تھا۔ وہ لمحہ انتہائی انبساط کا تھا۔۔۔ میں پسینے سے شرابور ہو چکا تھا۔ میرے سارے جسم میں ایک پھریری سی دوڑ گئی۔

اب میں نے کیل کو پکڑ کر ہلانا شروع کیا۔ جنبش پہلے بہت کم تھی۔ پھر ذرا بڑھی اور پھر ذرا اور اور پھر کافی زیادہ تھی۔۔۔ اور کیل بھی کافی لمبی تھی۔ لیکن ایک موقعہ اب آیا جب کیل پتھر میں سے ڈھلک کر میرے ہاتھ میں آگیا۔۔۔ اب میں آزاد تھا۔ میں نے وفورِ جوش سے آگے کی طرف رینگنا شروع کیا۔۔۔ سرنگ کی اونچائی بھی آہستہ آہستہ بڑھنے لگی اور اب میں بالکل سیدھا کھڑا ہو کر چل سکتا تھا۔۔۔ میری چھاتی کے گرد کسی ہوئی زنجیر میرے پیچھے گھسٹتی ہوئی چلی آرہی تھی۔ میرے قدموں کی آواز اور زنجیر گھسٹنے کی آواز آپس میں بالکل خلط ملط ہو چکی تھیں۔ یہ سارا ماحول مجھے زندگی کا ہی ایک حصہ معلوم ہونے لگا تھا۔۔۔ کہ اچانک میں رک گیا۔ میرے قدموں کی آواز اور زنجیر کے گھسٹنے کی آواز بند ہو گئی۔۔۔ لیکن۔۔۔۔ لیکن ایک اور آواز سنائی دی۔ ایک بالکل اجنبی آواز۔۔۔ میں ہمہ تن گوش ہو کر اس آواز کو سننے کی کوشش کرنے لگا۔۔۔ یوں لگا جیسے کوئی آہستہ آہستہ میری طرف بڑھ رہا ہے۔

تو کیا وہ ہڈیوں کا ڈھانچہ۔۔۔؟ نہیں، آواز سامنے سے آرہی تھی۔۔۔ میں نے جیب میں سے دیا سلائی کی ڈبیہ نکالی اور ایک دیا سلائی جلائی۔ سرنگ میں روشنی پھیل گئی۔ دور سامنے جہاں جا کر روشنی دم توڑ رہی تھی۔۔۔ مجھے فرش پر دو سرخ سی چنگاریاں دکھائی دیں۔ اور پھر دیا سلائی بجھ گئی۔ سب طرف پہلے کی طرح اندھیرا چھا گیا۔ جیسے ہی میں

اندھیرے سے ذرا مانوس ہوا میں نے دیکھا وہ دونوں چنگاریاں آہستہ آہستہ میری طرف رینگ رہی ہیں۔ اور قدموں کی آواز بھی سنائی دینے لگی۔

میں نے جلدی سے ایک اور دیا سلائی جلائی۔۔۔ اب میں نے دیکھا کہ وہ سرخ سرخ آنکھیں ہیں۔ ایک بلی کے قد کے چوہے کی۔۔۔ جس کے بال سور کی طرح اس کے جسم پر کھڑے ہیں اور وہ میری طرف انتہائی پراسرار نظروں سے دیکھ رہا ہے۔ پھر ایکا ایکی اس نے اپنے سفید دانت دکھائے۔۔۔

تو کیا اس کو ہڈیوں کے ڈھانچے میں اسی نے بدل دیا؟ ایک بے بس، زنجیروں میں جکڑے ہوئے انسان کو ہڈیوں کے ڈھانچے میں اس نے بدل دیا تھا۔ میں بھی یہ سوچ ہی رہا تھا کہ اس نے مجھ پر ایک چھلانگ لگائی۔ دیا سلائی بجھ کر گر گئی۔ اور اندھیرے میں وہ میرے چہرے سے ٹکرا کر میرے کندھے پر گرا اور پھر اس نے اپنے نوکیلے دانت میری گردن میں پیوست کر دیے۔

میں بے ارادہ ہاتھ پاؤں مارنے لگا اور پھر میں نے اپنی انگلیوں میں اس کی گردن محسوس کی اور میں نے پوری طاقت سے اسے اپنی گردن سے کھینچ لیا۔۔۔ اور اتنے زور سے اپنی انگلیوں میں مسلا کہ اس کے اندر کا مواد باہر نکل کر میرے ہاتھ پر بہنے لگا میں نے اسے انتہائی کراہیت سے ایک طرف پھینک دیا۔۔۔ میری گردن میں سے گرم گرم خون نکلنے لگا تھا اور شدید درد کا احساس ہونے لگا تھا۔

میں نے ایک اور دیا سلائی جلائی اور دیکھا کہ وہ فرش پر مردہ پڑا ہے۔ اس کا سارا وجود گوشت کے ایک لوتھڑے میں بدل چکا تھا۔

میں نے پھر آگے بڑھنا شروع کیا۔۔۔ اب میں ایسی جگہ پہنچ گیا جہاں سے سرنگ دو طرف جاتی تھی۔۔۔ دائیں اور بائیں۔۔۔ کدھر جانا چاہیے۔۔۔ رہائی کا راستہ کون سا ہے؟

میں ایک لمحہ رک کر سوچنے لگا۔۔۔ لیکن فیصلہ کرنا مشکل تھا۔ میں نے اندھیرے میں دیا سلائی کی ڈبیہ اچھالی۔۔۔ جو میرے پاؤں کے قریب ہی گری۔۔۔ میں نے ٹٹول کر اسے اٹھایا۔ بڑی احتیاط سے ویسے ہی سیدھا اور پھر اس میں سے دیا سلائی نکالنے کے لیے اسے کھولا۔۔۔ اوہ۔۔۔ یہ آخری دیا سلائی تھی۔۔۔ میں اس خیال سے ہی کانپ اٹھا کہ اگر راستے کا تعین ٹھیک نہ کر پایا تو پھر روشنی کہیں سے نہ ملے گی۔ میں نے دیا سلائی رگڑ کر جلائی۔۔۔ اوپر ڈبیہ کا سیدھا حصہ تھا۔ یعنی مجھے بائیں جانا تھا۔

میں لڑکھڑاتے قدموں اور زنجیروں کے وزن کے ساتھ بائیں طرف مڑ گیا اور ایک ہاتھ سے دیوار کا سہارا لے کر آگے بڑھنے لگا۔ جیسے جیسے میں آگے بڑھ رہا تھا سرنگ کی چھت نیچی ہوتی جا رہی تھی۔ حتی کہ مجھے یہ احساس ہو گیا کہ اب سیدھا چلنا مشکل ہے۔ میں نے سر ذرا سا جھکا دیا اور آگے بڑھنے لگا۔ اب میرے پاس دیا سلائی نہ تھی کہ روشنی میں راستہ دیکھ سکتا۔۔۔ لیکن پھر ایک ایسی منزل آگئی جہاں سے دو راستے نکلتے تھے۔ یعنی ایک اور راستہ بائیں طرف جاتا تھا۔

میں سر جھکائے ہوئے تنگ آگیا تھا۔ میری گردن اینٹھ سی گئی تھی۔ میں نے وہ پہلا راستہ چھوڑ دیا اور ایک بار پھر بائیں طرف مڑ گیا۔۔۔ اب یہ سو دو سو قدم کے بعد راستہ پھر بائیں طرف نکلتا تھا۔۔۔ میں ہر بار بائیں طرف مڑتا رہا۔۔۔ اور پھر تھک کر بالکل نڈھال ہو گیا۔ میرے ذہن میں یہ احساس پوری شدت سے پیدا ہوا کہ نجات کا کوئی راستہ نہیں۔۔۔ اور میں کسی بھول بھلیاں میں پھنس گیا ہوں۔ میری ٹانگوں نے بالکل جواب دے دیا۔۔۔ چھاتی کے گرد بندھی ہوئی زنجیر کے وزن سے کمر خم ہو گئی۔ میں کچھ دیر لڑکھڑاتا رہا اور پھر زمین پر گر گیا۔

میں کتنی دیر تک وہاں پڑا رہا مجھے یاد نہیں۔ ایک بار میں بیدار ہوا میں نے ٹٹول ٹٹول

کر اپنے ارد گرد کو جاننے کی کوشش کی۔ زمین سیلی ہوئی تھی۔ دیواریں پتھریلی اور کھردری تھیں اور چھت بہت نیچی تھی۔

میں نے زمین پر رینگنا شروع کیا۔ رینگتا، رینگتا میں پھر ایک ایسی جگہ پہنچ گیا جہاں سے اب ایک اور راستہ دائیں طرف جاتا تھا۔۔۔ میں اس طرف مڑ گیا۔۔۔ تھوڑا ہی آگے گیا تھا کہ ناک ایک عجیب طرح کے تعفن سے بھر گئی۔ جیسے ذبح خانے میں کچے گوشت کی بو ہوتی ہے۔ میں ٹھٹھکا اور واپس پلٹا۔۔۔ پھر دیوار کے سہارے چلتا ہوا آگے بڑھنے لگا۔۔۔ اب دائیں بائیں کا احساس ختم ہو گیا تھا۔۔۔ اور میں اس سرنگ میں سے باہر نکلنے کے سلسلے میں بالکل مایوس ہو گیا تھا۔

میں نے پھر یاد کرنے کی کوشش کی۔ میں یہاں کیسے آیا تھا؟۔۔۔ کون لایا تھا مجھے یہاں۔۔۔؟ میرے ذہن میں ایک چہرہ ابھرا۔۔۔ میں نے باہر سے دروازہ کھولا تھا۔۔۔ جیسے ہی اندر داخل ہوا وہ سامنے کرسی پر بیٹھا تھا۔ اس کی گود میں ۴۵، کا ایک ریوالور تھا۔ وہ مجھے دیکھ کر مسکرایا تھا۔ لیکن عجیب بات ہے۔ مسکراہٹ نظر آ رہی تھی مگر چہرہ غائب تھا۔ یا پھر موٹے فریم کے گاگلز تھے جو اس کے چہرہ کو چھپائے ہوئے تھے۔ سر پر بڑا سا ہیٹ تھا۔

اس نے آہستہ سے ریوالور اٹھایا اور اس کا رخ میری طرف کر دیا۔

"میں تمہارا ہی انتظار کر رہا تھا،" وہ بولا۔ اور اپنی جگہ سے اٹھا۔ "آؤ میرے ساتھ،" اس نے پھر کہا۔

"لیکن کہاں۔۔۔؟ اور تم کون ہو۔۔۔؟" میں نے سہم کر سوال کیا۔

"سوال نہیں۔۔۔ بس چلو۔" اس نے ریوالور لہرایا اور پھر آگے چلنے کا اشارہ کرتا ہوا دروازے کی طرف بڑھا۔

دوسرے ہی لمحہ اس کا ریوالور بدستور میری پسلیوں میں دھنس گیا تھا اور ہم دونوں گلیارے میں آگے پیچھے چل رہے تھے۔ پھر ہم دونوں لفٹ کے لیے رُکے اور لفٹ آگئی۔۔۔ اس نے مجھے اندر دھکیلا اور خود بھی اندر آگیا۔ ریوالور بدستور میری پسلیوں سے لگا ہوا تھا۔۔۔ ہم دونوں خاموش تھے۔ اور لفٹ نیچے کی بجائے اوپر کو جا رہی تھی۔

جب لفٹ اپنی منزل پر پہنچ گئی تو ہم اترے۔۔۔ یہ میرے مکان کی چھت تھی۔ اور وہ اسی طرح سے مجھے کور کیے ہوئے تھا۔۔۔ اس نے مجھے چند قدم چلنے کا اشارہ کیا۔ اور ہم دونوں سیڑھیوں کے قریب پہنچے۔۔۔ اس نے ایک ہاتھ بڑھا کر ٹیرس کا دروازہ کھول دیا۔۔۔ اور مجھے سیڑھیاں اترنے کا اشارہ کیا۔۔۔ ہم سیڑھیاں اترنے لگے۔ میں آگے تھا اور وہ میرے پیچھے۔۔۔ نہ جانے کتنی سیڑھیاں تھیں اور ہم کب تک اترتے رہے۔۔۔ خدا خدا کر کے ہم نیچے پہنچے اور عمارت سے باہر نکلے۔ رات کا اندھیرا سب طرف پھیلا ہوا تھا اور اس اندھیرے میں سامنے ایک موٹر کار کھڑی نظر آئی۔۔۔ اس نے ریوالور والا ہاتھ ہلا کر موٹر کی طرف بڑھنے کا اشارہ کیا۔۔۔ میں انتہائی خوفزدہ ہو چکا تھا اور اس کا ہر حکم مانے چلا جا رہا تھا۔

اس نے میرے لیے موٹر کا پچھلا دروازہ کھولا۔ میں سر جھکا کر اندر داخل ہونے لگا کہ میرے سر پر ایک بھرپور ضرب لگی۔ شاید اس نے ریوالور کا کندہ مارا تھا۔ میری آنکھوں کے سامنے تارے سے ناچنے لگے اور پھر میں بے سدھ ہو کر اندھیری وادی میں ڈوب گیا۔

تو اس کا مطلب ہے۔ وہی مجھے یہاں لا کر چھوڑ گیا تھا۔۔۔ زنجیر سے جکڑ گیا تھا۔ اور خود باہر نکل گیا تھا۔ اگر وہ باہر نکل گیا تھا تو باہر نکلنے کا راستہ ضرور ہو گا۔ اس خیال سے میں پھر جیسے زندہ ہو گیا۔ میں اٹھا اور پھر چلنا شروع کیا۔ کسی سمت کا تعین کیے بغیر۔

مجھے پیچھے آہٹ سی سنائی دی۔ میں رک گیا۔۔۔ یہ بالکل ویسی ہی آواز تھی جیسی اس آدم خور چوہے کے قدموں کی آواز۔۔۔ لیکن اس بار یہ ایک آواز نہ تھی۔ کئی تھیں۔۔۔ تو کیا وہ یہاں بہت سے ہیں۔۔۔؟

آہٹیں ہر پل قریب آرہی تھیں۔ میں گھبرا کر تیزی سے بھاگنے لگا۔ آہٹ بدستور میرا پیچھا کر رہی تھی۔ میں بھاگتا رہا اور پھر اچانک ہوا کا جھونکا میرے چہرے سے ٹکرایا۔ تازہ ہوا۔ اور میں خوشی سے پاگل ہو اٹھا۔۔۔ اور تیزی سے بھاگنے لگا۔۔۔ سامنے روشنی دکھائی دینے لگی اور اس روشنی میں، میں نے پلٹ کر دیکھا۔ ہزاروں کی تعداد میں آدم خور چوہے اپنی سرخ آنکھیں مجھ پر جمائے میرے پیچھے بھاگے آرہے تھے اور پھر ایک دم میرے قریب آکر مجھ پر ٹوٹ پڑے۔ میں ان کے ساتھ ایک بے معنی اور بے نتیجہ جنگ میں شامل ہو گیا۔ وہ اپنے نوکیلے دانت یہاں وہاں میرے جسم پر گاڑ رہے تھے۔

میں نے پھر بھاگنا شروع کیا۔۔۔ اب وہاں سیڑھیاں بنی ہوئی تھیں جو اوپر کو جاتی تھیں۔ ان کے کاٹنے کی تکلیف کی پرواہ کیے بغیر میں وہ سیڑھیاں چڑھنے لگا اور پھر میں اس سرنگ سے باہر تھا۔۔۔ جیسے ہی میں نے سر باہر نکالا میں نے دیکھا وہ اپنے ہاتھ میں ۴۵۰ کا ریوالور لیے سر پر ہیٹ اور آنکھوں پر گاگلز لگائے اور ہونٹوں پر مسکراہٹ پھیلائے بیٹھا میرا منتظر تھا۔ میں آگے بڑھ کر اس کے قریب جا کھڑا ہوا۔۔۔ میرے جسم کے ساتھ اب بھی کئی چوہے لپٹے ہوئے تھے۔ وہ مجھے دیکھ کر ہنسا اور اس نے ریوالور کی نال میرے طرف کر دی۔

اچانک نہ جانے مجھ میں کہاں سے اتنی طاقت آگئی کہ میں نے اپنے دائیں پاؤں کی ٹھوکر اس کے جبڑے پر ماری اور دونوں ہاتھ آگے بڑھا کر اس کے ہاتھ سے ریوالور چھین لیا یہ حملہ اس کے لیے غیر متوقع تھا۔ وہ ڈھلان سے لڑھکنے لگا۔

میں نے بے تحاشہ گولیاں چلانا شروع کیں اور کئی چوہے اچھل اچھل کر گرنے لگے۔۔۔ پھر میں نے اپنے جسم سے چپکے ہوئے چوہوں کو پکڑ پکڑ کر پھینکنا شروع کیا۔ اور پھر بے تحاشہ ڈھلان پر بھاگنے لگا۔۔۔

باہر زرد چھبتی ہوئی دھوپ پھیلی ہوئی تھی۔ میرے جسم سے پسینہ فوارے کی طرح پھوٹنے لگا۔ لیکن میں خوش تھا۔ اس تکلیف سے یہ تکلیف الگ تھی۔

میں کافی دور نکل آیا تھا۔۔۔ اور پھر میں نے پلٹ کر سرنگ کے دہانے کی طرف دیکھا آدم خور چوہے اب بھی وہاں اچھل کود رہے تھے۔

اچانک میں نے نیچے وادی میں دیکھا۔۔۔ بہت سے آدمی ہاتھوں میں لاٹھیاں لیے نصف دائرے کی شکل میں میری طرف بڑھ رہے تھے۔ اور مجھے دیکھ کر ان کے سفید دانت دھوپ میں چمکنے لگے تھے۔

ان کا حلقہ دھیرے دھیرے میرے گرد تنگ ہوا جارہا تھا۔ اور ان کے چہروں پر خوشی کے تاثرات زیادہ ابھر کر ظاہر ہو رہے تھے۔ حتی کہ وہ میرے قریب آگئے اور انھوں نے اپنی لاٹھیاں سونت لیں۔۔۔ میں حیران رہ گیا۔ تو کیا یہ میرا شکار کرنا چاہتے ہیں؟ اس احساس سے میں بری طرح خوف زدہ ہوگیا۔۔۔ اور میں پیچھے کی طرف بھاگنے لگا۔۔۔ وہ بھی میرے پیچھے بھاگنے لگے۔

اور میں۔۔۔ میں دوبارہ اسی سرنگ کی طرف بڑھ رہا تھا جس سے بمشکل رہائی ملی تھی۔ جہاں آدم خور چوہے مارے بھوک کے اچھل کود مچا رہے تھے اور میرا جسم ابھی تک زنجیر سے جکڑا ہوا تھا۔

***

سرکس

سرکس آنے کی خبر سے قصبے میں ایک چہل پہل سی پیدا ہو گئی تھی۔۔۔ ہو سکتا ہے آپ کو لفظ قصبہ پر اعتراض ہو کہ جہاں ریلوے اسٹیشن ہو جس سے ریل گاڑیاں مختلف اطراف جاتی اور آتی ہیں۔ کپڑے بننے کا کارخانہ ہو، جس میں سینکڑوں مزدور کام کرتے ہیں۔ اسپات بنانے کی بھٹی ہو جس میں دن رات آگ دہکتی ہے اور پھر عدالتیں، پولیس تھانے، کالج، اسکول وغیرہ وغیرہ سب کچھ ہو اسے بھلا میں نے قصبہ، کیوں کہہ دیا۔۔۔؟

بات دراصل یہ ہے کہ ہزاروں برس سے قصبہ میں رہتے رہتے ذہن بالکل قصباتی ہو گیا ہے۔ اور یہ ساری ترقی جو دھیرے دھیرے ہماری زندگی میں بڑی خاموشی سے شامل ہو گئی ہے۔ اس کا احساس تک نہیں ہوتا کہ ایک طرف دو قدم بڑھتے محسوس ہوتے ہیں تو دوسری طرف رات کو کوئی بھیانک خواب دکھائی دے جاتا ہے کہ نیچے اور نیچے گرے جا رہے ہیں۔ اپنا وزن کھو چکے ہیں۔ زمین میں کششِ ثقل باقی نہیں رہ گئی ہے۔ برف کے گالے سے ہو گئے ہیں گویا۔۔۔ ہاں تو لفظ قصبہ استعمال کرنے پر معذرت چاہتے ہوئے عرض ہے کہ چہل پہل اور گہما گہمی کی فضا سی قائم ہو گئی تھی اور وجہ تھی سرکس کی آمد۔

سرکس میں جانوروں کے کرتبوں کے ساتھ ساتھ انسانوں کے ریاض کا مظاہرہ بھی ہوتا ہے۔ یہ بات تو آپ کو اور ہم سب کو معلوم ہی ہے۔ لیکن اس کے ساتھ ساتھ کشش

کی وجہ وہ عورتیں بھی ہوتی ہیں جو مختصر ترین لباس میں اپنے کمالات کا مظاہرہ کرتی ہیں۔ اور انھیں عورتوں میں سے ایک عورت کا بڑا سا کٹ آؤٹ قصبے، معاف کیجیے گا۔۔۔ شہر کے چوراہے میں بنی ایک بلند عمارت پر لگا دیا گیا تھا۔

یہ واقعہ سرکس کی آمد سے پہلے کا ہے۔ جب گلی محلے کی دیواروں پر پوسٹر چسپاں کیے جا رہے تھے۔ جن میں سرکس کا نام درج تھا اور نام کے ساتھ لفظ گریٹ لگایا گیا تھا۔ سرکس کی خصوصیات اور ان جانوروں کا ذکر تھا جو شاید پہلے اس طرح نہیں دکھائے گئے تھے۔ ایک توپ تھی جس کی نال میں سے بارود کی بجائے ایک خوبصورت جسم والی عورت نکل کر فضا میں اڑتی چلی جاتی تھی۔

مسئلہ یہ بھی زیر غور تھا کہ اس توپ میں گولہ ڈالنے والی جگہ سے عورت داخل کی گئی ہو گی یا مصالحہ اس قسم کا ڈالا گیا ہو گا جو عورت کی صورت میں بر آمد ہوتا ہے۔ اور مسئلہ وہ بڑا سا کٹ آوٹ بھی تھا جس کا ذکر خاکسار نے اوپر کیا ہے۔۔۔ یعنی وہ عورت!

پلائی ووڈ کا دیو قامت کٹ آوٹ تھا۔ عورت کا جسم بڑا ہی گداز اور سڈول تھا۔ لباس انتہائی مختصر تھا۔ جتنا بھی لباس پینٹر صاحب نے بنایا تھا اس پر چمکی لگا کر جگمگا دیا تھا کہ دھوپ میں آنکھیں خیرہ ہو جاتی تھیں۔ عورت کے ہاتھ میں ایک لمبا سا ہنٹر تھا اور قریب ہی ایک ببر شیر دُبکا بیٹھا تھا۔

اب ایسا کون ہو گا، جس کے سینے میں دل بھی دھڑکتا ہو۔ اسے چوراہے سے گزرنے کا اتفاق بھی ہو اور وہ اِک ذرا اس عورت پر نظر نہ ڈال لے۔ مقصد یہ کہ بہت ہی خوبصورت عورت بنائی تھی پینٹر صاحب نے۔۔۔ اور شیر ببر کے بارے میں ایک صاحب کا ریمارک قابلِ غور و ستائش ہے۔

"کتا بنا کے بٹھار کھا ہے سالے کو۔"

اب ایک راز کی بات بھی سن لیجیے۔۔۔ کہ یہی عورت سرکس کی مالک تھی۔ چوراہے والے بنواری پنواڑی کی دکان پر شام جو محفل جمتی تھی اس میں اس بات کا چرچا تھا کہ پہلے اس گریٹ سرکس کا مالک اس عورت کا باپ تھا۔ اس نے یہ سب جانور اور کلاباز ایک ایک کر کے اکٹھا کیے تھے۔ کہتے ہیں، خود بھی اچھا کلاباز تھا۔ وہ اس سرکس کو لے کر ملکوں، ملکوں گھوماتھا اور جہاں جو بھی جانور اور کلاباز نظر آیا اسے اپنے ساتھ شامل ہونے کی ترغیب دی۔ کچھ عرصہ ہوا ایک جانور کو سدھانے کے دوران حادثہ میں اس کی موت واقع ہوگئی۔ اور سرکس کا سمبل۔۔۔ یعنی کہ یہ لمبا شاندار ہنٹر اس کی بیٹی نے سنبھال لیا۔ ویسے ہی جیسے کہ کسی وزارت کا بوجھ اٹھانے کو قلمدان سنبھالنا کہتے ہیں۔

بنواری پنواڑی کی دکان دنیا بھر کے مسائل، سیاست اور نیک و بد پر گفتگو کرنے کا ایک سپاٹ ہے۔۔۔جی۔۔۔؟ سپاٹ!جی ہاں میں نے یہ لفظ دھبہ کے معنی میں نہیں بلکہ مرکز کے معنی میں استعمال کرنے کی کوشش کی ہے۔ مرکز مجھے کچھ مناسب نہیں لگا۔ کیونکہ سپاٹ میں جو وسعت ہے وہ مرکز کے حدود میں بند ہونے کو تیار نہیں۔۔۔ خیر صاحب ہمیں تو سرکس اور سرکس کی اس شاندار مالکن اور ریاض کے زیور سے آراستہ اس کے کلابازوں اور جانوروں کے بارے میں گفتگو کرنا تھی۔ یہ بیچ میں مقامی کالج کے فلاں خاں صاحب کہاں سے آگئے جو لفظ، لفظوں اور الفاظ، الفاظوں سے سر کھپایا کرتے ہیں۔ بھئی آ بھی سکتے ہیں کہ اس قصبہ میں کالج بھی موجود ہیں۔ اور ان میں اساتذہ بھی ہیں جو اپنے فالتو وقت میں بچوں کو پڑھا بھی دیتے ہیں۔۔۔ ویسے ان کا سارا وقت۔۔۔ خیر صاحب میں قبول کرتا ہوں کہ بہک گیا تھا۔ اور معذرت چاہتا ہوں۔ ذکر ہو رہا تھا ہنٹر والی دلکش عورت کا جو اس گریٹ سرکس کی مالکن تھی اور سرکس قصبہ میں آنے والی تھی، جس کا چرچا زبان زدِ خاص و عام تھا۔۔۔ کہ اب گویا چند دن تفریح رہے گی۔ اور بنواری

پنواڑی کی دکان کے سامنے گفتگو کا سپاٹ تھا۔ اور سب سے اہم بات جو ان دنوں چل رہی تھی وہ یہ کہ آدمی تو خیر ذہن رکھتا ہے۔ اشارے پر کرتب دکھا سکتا ہے سکھانے سے سیکھ سکتا ہے کہ سن سکتا ہے۔ دیکھ سکتا ہے اور اس کے ردِّ عمل کا پتہ بھی چل سکتا ہے۔ لیکن ان جانوروں کو سدھانا سکھانا اور ان سے کمالات کروالینا کیسے ممکن ہے؟ اس کے پیچھے کون سا فن اور راز چھپا ہوا ہے؟ مثال کے طور پر ملاحظہ ہو سامنے اس اونچی عمارت پر لگے بینر کے کٹ آوٹ میں بھیگی بلی بنا ببر شیر۔۔۔

جہاں بنارسی اور دیسی پان کے پتوں پر ایک سو بیس، تین سو، کشمیری قوام اور بابا چھاپ کے ساتھ، ساتھ کچا اور سنکا ہوا چھالیا چلتا رہتا وہاں یہ بات چیت بھی چلتی رہتی کہ کمال ہے بھائی۔۔۔ آدمی جو کچھ نہ کرے کم ہے۔۔۔ اور سائنس نے جس قدر بھی ترقی کی ہے وہ سب آدمی کی حاصل کردہ ہے۔ اور جانور کو جنگل سے پکڑ کر سدھا کر، پنڈال میں ہزاروں لوگوں کے سامنے کرتب کرنے پر مجبور کرنا بھی آدمی ہی کا کارنامہ ہے۔

لیکن نہ جانے کیوں میری تسلی نہیں ہو پا رہی تھی۔ معاف کیجیے گا۔ اب جو بیانیہ میں، میں وارد ہوا ہوں تو آپ چاہیں گے کہ معلوم تو ہو کہ بھلا میں ہوں کون؟ سب معمہ حل ہو سکتے ہیں۔ لیکن یہ معمہ حل نہیں ہو سکتا۔۔۔ کیونکہ اپنا تعارف کروانے والے کو پہلے خود تو معلوم ہونا چاہیے کہ وہ کون ہے۔ اور ہمارے پاس اپنے بارے میں جو معلومات موجود ہوتی ہیں اور جن کی بنا پر ہم فوراً ہی ہاتھ آگے بڑھا کر کہہ دیتے ہیں کہ خاکسار کو فلاں، فلاں اور فلاں کہتے ہیں۔ تو ہم یہ سب لوگوں کے کہے سنے کی بنا پر کہہ دیتے ہیں ورنہ ہمیں خود اپنے بارے میں زندگی بھر کچھ پتہ نہیں چلتا کہ ہم کون ہیں؟ لہٰذا۔۔۔ چونکہ میں اپنے بارے میں بذاتِ خود کچھ نہیں جانتا اس لیے آپ یہی سمجھیں کہ غیب سے ایک آواز آرہی ہے جو الفاظ میں ڈھل جاتی ہے اور اس کے پیچھے جو نظر نہ آنے والی

شخصیت ہے نا وہ کچھ بھی نہیں، ایک وہمِ محض ہے۔ اور خود تشکیک کی بیماری میں مبتلا ہے۔۔۔ اور آپ کو ایک بیمار آدمی سے کوئی سروکار نہیں ہونا چاہیے کہ آپ ایک صحت مند، توانا سماج کی تشکیل میں مصروف ہیں۔۔۔ اور بینر والے کٹ آوٹ میں بنی دلکش اور شاندار عورت کے ہاتھ میں لمبا ہنٹر ہے اور اس کے سامنے ایک ببر شیر دبکا بیٹھا ہے۔ اور مسئلہ یہ ہے کہ اتنا طاقتور، نڈر اور خوفناک جانور آدمی کے اشاروں پر کرتب دکھانے کے لیے کیونکر رضامند ہو جاتا ہے؟

ایک صاحب نے خیال آرائی کی۔۔۔ "یہ صدیوں سے ہوتا آیا ہے۔۔۔ تفریح کے لیے آدمی کو آدمی سے لڑوانا، آدمی کو جنگلی درندے سے لڑوانا یا پھر ایک درندے کو دوسرے درندے سے لڑوانا۔"

دوسرے نے کہا، "بھئی وہ تو ٹھیک ہے کہ یہ سب آدمی اپنی تفریح کے لیے کرتا ہے۔ لیکن آدمی اور درندہ اس کے لیے تیار کیونکر ہو جاتا ہے۔۔۔؟"

لوگوں نے بنواری پنواری سے پان لے کر منھ میں رکھے۔ اور اصل سوال کا صحیح جواب دیے یا پائے بنا ہی اپنے اپنے گھر کی راہ لی۔

ایک روز سرکس اپنے پورے تام جھام کے ساتھ قصبے میں آپہنچا۔۔۔ قصبے کی خستہ پرانی فصیل کے باہر جو بڑا سا میدان تھا۔ اسمیں کشادہ پنڈال لگ گیا۔۔۔ اور ایک طرف کئی چھوٹے، چھوٹے خیمے ایستادہ کر دیے گئے جن میں جانوروں کی دیکھ بھال کرنے والے رہنے لگے۔۔۔ اور دوسری طرف پنجروں کی قطاریں کھڑی کر دی گئیں جن میں جانور اور درندے بے چینی سے ٹہلتے نظر آتے۔۔۔ یہ بے چینی کیوں تھی۔ شاید وہ اپنے پنجروں سے باہر نکل کر اپنے کرتب دکھانے کے لیے بے چین ہو رہے تھے۔ یا پھر۔۔۔؟ نہیں بھلا اور کیا بات ہو سکتی ہے۔۔۔ کلاکاروں اور کلابازوں، آرٹسٹوں ور انتظامیہ کے

لوگوں کے لیے قصبے کی سرکاری سرائے اور پنچایتی دھرم شالہ بک کروالی گئی تھی۔ گلی کوچوں اور بازاروں میں سے پوسٹر اٹھائے ہوئے سرکش کے ملازمین گزرتے اور منادی والا تماشے کے اوقات کا اعلان کرتا۔ اس جلوس کے ساتھ سرکس کے کئی جانور بھی ہوتے اور ایک جوکر بھی۔۔۔ جانور جوکر کے اشارے پر لوگوں کو سلام کرتے، گویا انھیں اپنے کمالات دیکھنے کے لیے آنے کی درخواست کر رہے ہوں۔۔۔ سرکس کی مالکن کی طرف سے سرکس میں کام کرنے والی عورتوں کو شہر میں نکلنے کی ممانعت تھی لیکن مرد کلاکار اپنے روزمرہ استعمال میں آنے والی چیزوں کی خرید وفروحت کے لیے بازاروں میں نظر آنے لگے۔ شہر کے بچے خاص طور پر انھیں یوں دیکھتے تھے جیسے وہ کسی دوسرے سیارے کی مخلوق ہوں۔ ایک بھیڑ ان کے گرد جمع ہو جاتی اور پھر وہ جدھر جاتے وہ بھیڑ ان کے پیچھے کھنچی چلی جاتی۔۔۔ کتنی عجیب بات تھی کہ ایک معمولی سا فرق، فن یا اختیار ایک آدمی کو دوسرے آدمی سے ممیز یا افضل بنا دیتا ہے۔

اس روز پہلا تماشہ تھا۔۔۔ اس کی رسم افتتاح معمول کے مطابق شہر کے سب سے اعلیٰ افسر کے ہاتھوں ہوئی۔۔۔ خاکسار بھی وہ کھیل دیکھنے گیا۔

میں تمام آئٹمز کی تفصیل بیان کر کے آپ کا وقت ضائع نہیں کرنا چاہتا کہ اس شو میں وہ سب کچھ ہوا جو ہر سرکس کے شو میں ہوتا ہے۔ آپ اپنے تصور کی آنکھ سے نیم برہنہ عورتوں کو جھولا جھولتے۔۔۔ اور تنی ہوئی تار پر سائیکل چلاتے دیکھ سکتے ہیں۔ مرد کلاکاروں کو ہر کھیل میں ان کا ساتھ دیتے بھی دیکھ سکتے ہیں۔۔۔ توازن کے مختلف کمالات تصور کرنا بھی مشکل نہیں۔ جانوروں کا مالکن کے چابک کی شڑاپ، شڑاپ کی آواز پر ہر حکم کی تعمیل کرنا بھی سوچ سکتے ہیں۔ وغیرہ۔ وغیرہ۔ لیکن اس خاکسار کو جو آئیٹم بہت ہی اَدبھت لگی۔۔۔ وہ تھی تمام جانوروں اور انسان کلابازوں کا ایک بڑی سی میز کے گرد

بیٹھ کر اکٹھے کھانا کھانے کا منتظر۔ اب ذرا آپ اپنے تصور کی آنکھ کو چند لمحہ کے لیے اس منظر پر مرکوز رکھیں تو پھر میں آپ کو وہ بات بتانے جارہاہوں جس نے سب کو حیران و پریشان کر رکھا تھا۔ یعنی یہ سب کیسے ہوتا ہے؟ اور اب اس حیران کرنے والی بات کا جواب اس خاکسار کو مل چکا تھا۔

لیکن اس سے پیشتر کہ خاکسار وہ بات آپ کے گوش گزار کرے چند باتیں آپ ذہن نشین کرلیں کہ سرکس کی مالکن اصل میں پینٹر صاحب کے بنائے ہوئے کٹ آوٹ سے زیادہ پرکشش شاندار اور خوبصورت نہ تھی۔ اور کہ اس کے دو بیٹے تھے دونوں اعلیٰ درجہ کے کلاباز تھے۔ لیکن بد قسمتی سے ایک بیٹا کرتب دکھانے کے دوران ایک حادثہ کا شکار ہوگیا تھا۔ گویا اس کا حشر بھی کچھ مالکن کے باپ جیسا ہی ہوا تھا۔۔۔ دوسرا بیٹا جوکر تھا اور ہر کرتب کرنے کی کوشش کرتا تھا۔ لیکن اس طرح کہ تماشائی ہنسی کے مارے لوٹ پوٹ ہوجائیں۔ ایک بات سب سے اہم یہ تھی کہ اس سرکس میں ایک اپاہج کلاباز تھ جو جمناسٹک میں اپنا ثانی نہیں رکھتا تھا۔ شکل وصورت سے اچھا تھا۔۔۔ ٹانگیں فالج زدہ تھیں۔ لیکن بازوؤں میں بلا کی قوت تھی۔ وہ لکڑی کے گھوڑے پر دونوں بازوؤں اور کبھی ایک بازو سے اپنے جسم کو مختلف زاویوں پر لے جانے، جھولنے اور قلابازیاں کھانے کے شاندار کھیل دکھاتا تھا۔ (مقامی کالج کے فلاں صاحب سے معذرت چاہتا ہوں کہ اس سے پیشتر کلاباز کتے والے ک سے لکھا ہے اور اس بار قینچی والے ق سے قلابازی لکھا ہے)۔۔۔ یا پھر پنڈال کی چھت سے لٹکتے ہوئے دور نگز کو پکڑ کر اپنے جسم کو عجیب وغریب توازنی زاویوں پر لے جاتا تھا۔۔۔

اب یہ اتفاق ہی سمجھیے کہ وہ دوسرے آرٹسٹوں کے ساتھ اسی سرائے میں قیام پذیر تھا۔ جس میں خاکستار کئی صدیوں سے رہ رہا تھا۔ صبح سویرے غسل خانہ استعمال کرنے کے

سلسلے میں خاکسار کی اس سے تو، تو میں، میں ہو گئی۔ اور پھر یہ تو، تو۔ میں، میں تو ہی تو اور میں ہی میں کے عمل سے گزرتی ہوئی دوستی میں بدل گئی۔ وہ اچھا دوست، اچھا انسان اور اچھا رہبر ثابت ہوا۔

ہمارا کھانا پینا ایک ساتھ ہو گیا۔۔۔ اس نے اپنے ماضی کو کرید کر اپنے بارے میں مجھے سب کچھ بتایا جو اسے اس کے بارے میں دوسروں نے بتایا تھا کہ اس کا باپ پہلوان تھا۔ ایک شرط ہارنے کی وجہ سے خودکشی کر کے مر گیا۔ ماں نے اسے ہسپتال میں جنم دیا اور راہی ملکِ عدم ہوئی۔ نرسوں اور ڈاکٹروں کی لاپرواہی کی وجہ سے اس کی ٹانگیں فالج سے ناکارہ ہو گئیں اور اس نے اپنی زندگی خود شروع کی اور جمناسٹک سیکھ کر اس سرکس میں شامل ہو گیا۔۔۔ مگر میرے پاس بتانے کو تھا ہی کیا جو بتاتا۔۔۔ لہٰذا اپنی خاکساری کا اظہار کر کے شرم سے سر جھکا لیا۔

اسی کی وجہ سے میں نے دن کے وقت سرکس کے تمام پنجروں کا طواف کیا۔ مختلف آرٹسٹوں سے متعارف ہوا اور چند حسین عورتوں سے گفتگو کا لطف بھی لیا اور ایک بار سرکس کی شاندار اور پرکشش مالکن اور اس کے جوکر بیٹے سے ملاقات کا شرف بھی حاصل ہوا۔ اور پھر موقع پا کر میں نے پوچھ ہی لیا۔۔۔ کہ یہ معجزہ کیا ہے کہ آدمی اور جانور اور درندے اشاروں پر قلابازیاں کھانا قبول کر لیتے ہیں؟

میرا یہ پوچھنا تھا کہ اس کی عجیب کیفیت ہو گئی۔ جیسے اس کے اوپر کے دھڑ کو بھی فالج مار گیا ہو۔ اس کا رنگ فق ہو گیا۔ آنکھیں بے چینی سے تڑپنے لگیں اور چہرے پر ایک عجیب سا کرب چھا گیا۔۔۔ وہ دیر تک خاموش رہا اور میری طرف آنکھیں جھپکے بنا دیکھتا رہا۔۔۔ میں بھی قدرے پریشان و نادم سا ہوا کہ ایسی بات کیا پوچھ لی کہ جو مناسب نہ تھی؟

"کیا بات ہے آپ نے میری بات کا جواب نہیں دیا سینڈو صاحب؟" (اسے سینڈو صاحب کے نام ہی سے پکارا جاتا تھا) میں نے ہمت کر کے اور اپنی خفت مٹانے کے لیے کہا۔

اس نے ایک گہری سانس لی اور کہنے لگا۔۔ "لیکن یہ بات پوچھنے کی آپ کو ضرورت کیوں آن پڑی مسٹر خاکسار۔۔؟"

"دراصل بات یہ ہے کہ یہ صرف میرا مسئلہ نہیں ہے۔ یہ اس سارے قصبے کے ذی ہوش لوگوں کا مسئلہ ہے۔ سبھی اس بات کا جواب چاہتے ہیں،" میں نے جواب دیا۔

"دیکھیے،" اس نے کہا اور پھر رک گیا۔ میں اس کے دوبارہ گویا ہونے کا منتظر رہا۔ کافی دیر کے بعد اس نے کہا۔۔ "یہ بات اتنی دیر تک سمجھ میں نہیں آسکتی جب تک سرکس کے پورے سیٹ آپ کو نہ سمجھیں۔۔۔ درمیان میں ایک بہت بڑا رنگ ہوتا ہے۔ جس کے گرد کرسیوں اور بنچوں پر تماشائی بیٹھے رہتے ہیں۔ جن کی نظریں کرتب دکھانے والوں پر جمی رہتی ہیں۔ ایک کونے میں ایک کیبن بنایا جاتا ہے جس میں آرکسٹرا ہوتا ہے۔ عام طور پر اس میں فوج سے ریٹائر ہونے والے سازندے کام کرتے ہیں۔ ہر کھیل کے ساتھ الگ دھن بجتی ہے۔ ہر کرتب کرنے والے کے ساتھ تین چار جوکر بھی ایرینا میں داخل ہوتے ہیں جو عام طور پر مالکن کے خاص آدمی ہوتے ہیں۔ زرق برق لباس دیکھ کر اور چہروں پر موٹے میک اپ کی تہ سے آرٹسٹ کے اصلی حسن کا اندازہ لگانا بالکل مشکل ہے۔۔۔ اور پھر مالکن کے ہنٹر کی شڑاپ، شڑاپ کی آواز۔۔۔ جو ہر کھیل میں موجود رہتی ہے اور ہر آرٹسٹ کو ملنے والی داد خود سر جھکا، جھکا کر مسکراتے ہوئے قبول کرتی ہے۔۔۔ اچھا اب اس منظر پر آتے ہیں۔۔۔ جس میں ایک بڑی میز کے گرد۔۔۔ شیر، بکری، آدمی، بندر، کتا، گھوڑا اور ہاتھی اکٹھے بیٹھ کر کھانا کھاتے ہیں۔ اور

یہیں آپ کی بات کا جواب پوشیدہ ہے۔ جو بڑی معمولی سی بات ہے۔ ہر اس بڑی بات کی طرح جو معلوم ہو جانے کے بعد معمولی نظر آنے لگتی ہے اور وہ بات یہ ہے جسے ہر مالک جانتا ہے کہ اگر آدمیوں، عورتوں، جانوروں اور درندوں سے کام لینا ہے تو انھیں آدھے پیٹ کھانا دینا چاہیے اور باقی آدھے پیٹ کا وعدہ۔۔۔"

سرکس ہمارے شہر معاف کیجیے گا ہمارے قصبے سے اگلے قصبے میں جاچکی ہے۔ سینڈو صاحب بھی جاچکے ہیں۔ لوگوں کے ذہنوں سے اس گہما گہمی اور چہل پہل کے نشانات مٹ چکے ہیں۔ چوراہے کی بلند عمارت پر لگا ہوا سرکس کی ہنٹر والی مالکن کا کٹ آوٹ اتارا جاچکا ہے۔ لیکن نہ جانے کیوں جب کبھی میں بنواری پنواڑی کی دکان سے ایک سو بیس کا بنارسی پان کھاکر سرائے کی طرف جارہا ہوتا ہوں، تو میرے ذہن میں شڑاپ شڑاپ کی آواز گونجنے لگتی ہے۔۔۔ اور میں خوف زدہ سا ہو جاتا ہوں۔

پس ازاں۔۔۔

کئی دن بعد، آج میں پھر بنواری پنواڑی کی دوکان پر کھڑا پان لے رہا ہوں۔ اور سامنے والی، بڑی عمارت کی اس خالی دیوار کو دیکھتا ہوں جس پر کبھی سرکس کی مالکن کا کٹ آوٹ آویزاں تھا۔

اس کے ہنٹر کی شڑاپ شڑاپ کی آواز میرے ذہن کے کسی کونے میں سے ابھرتی ہے۔ لیکن آج مجھے اس آواز سے پہلے جیسا خوف محسوس نہیں ہوا۔ ایکا ایکی میرے ذہن میں ایک خیال پیدا ہوا ہے کہ میری طرح اگر سرکس کے تمام انسانوں اور جانوروں کے ذہن سے بھی ہنٹر کی آواز کا خوف جاتا رہا تو پھر کیا ہوگا؟

***

یادگار افسانوں کا ایک اور انتخاب

بجوکا

مصنف: سریندر پرکاش

بین الاقوامی ایڈیشن جلد منظر عام پر آرہا ہے